森本警部と有名な備前焼作家

Inspector Morimoto and the Famous Potter

ティモシー・ヘミオン 著　インスペクターM邦訳集団 訳

Inspector Morimoto and the Famous Potter

A Detective Story Set in Japan

Japanese translation rights arranged with Timothy Hemion

Translated by the Inspector M Translation Group

◇著者プロフィール

ティモシー・ヘミオン
(Timothy Hemion)

1961年イギリス生まれ。1982年ケンブリッジ大学数学科を卒業。23歳の時、アメリカのコーネル大学で、確率論・統計学で博士号を取得した。これまでいくつかの大学で数学の指導と研究に携わっている。数学分野の研修の他、森本警部シリーズの取材などで、日本にも何度も訪れている。確率論・統計学の教科書の執筆をはじめ、新しい数学理論の研究論文も多く発表している。本名 Anthony Hayter。

現在は大学教授としてアメリカ・デンバーに住む。趣味は日本語の勉強、旅行、伝記や歴史小説の読書、山歩き、チェス、それに森本警部シリーズの執筆。

「Inspector Morimoto and the Famous Potter　森本警部と有名な備前焼作家」は森本警部シリーズの 3作目。森本警部シリーズは他に「Inspector Morimoto and the Two Umbrellas　森本警部と二本の傘」「Inspector Morimoto and the Diamond Pendants」「Inspector Morimoto and the Sushi Chef」「Inspector Morimoto and the Japanese Cranes」が出版（いずれも米国iUniverse刊、邦訳「森本警部と二本の傘」は吉備人出版刊）されている。

(timothyhemion@hotmail.com)

著者注

この物語で紹介している備前焼の詳細については、概ね正確に記している。ただ例外として「フェノトロキシン」だけは、この小説のために創作した架空のもので、実際には、このようなものは全く使われていない。この点を除けば、読者は素晴らしい備前焼についての記述が楽しめる。備前焼は岡山県下で何世紀にもわたって作られており、作家は炎による〝幸運な偶然〟という見事な窯変効果を創出するため、終わりなき闘いを続けている。

主な登場人物

森本警部……………………岡山県警のベテラン刑事
鈴木刑事……………………森本警部とコンビを組む岡山県警の若い女性刑事
山田巡査部長………………岡山県警の巡査部長
本部長………………………岡山県警本部長
長沢為葦（ためよし）……………………人間国宝の有名な備前焼作家
長沢健三……………………長沢為葦の孫。自分の備前焼窯元を経営
開真（かいま）……………………………備前市にある長沢健三の工房の管理者
長沢栄三……………………長沢健三の弟。自分の備前焼窯元を経営
遠藤…………………………備前市にある長沢栄三の工房の管理者
緒方監察医…………………岡山県警から委嘱されている女性監察医
佐々木誉司（よし）……………………カラミティ保険会社の保険外交員
板東弁護士…………………長沢為葦の法律顧問。備前の焼物美術館の理事
大伴（おおとも）支店長……………………メトロポリタン・トラスト銀行京都支店長
神保（じんぼ）所長………………………岡山県警科学捜査研究所の所長
藤島…………………………長沢為葦の弟子の備前焼作家
藤島愛子……………………藤島の孫娘
茅野（ちの）………………………………アマルガメイト・ケミカル社のフェノトロキシン製造担当者

1　プロローグ

　岡山市内のとある寺の森厳な山門の前、紺色のタクシーが止まり、後ろの席からゆっくりと森本警部が降りてきた。黒い服に黒い靴、ワイシャツにきちんと結んだ黒いネクタイというでたちだった。一月の寒い朝、道に立つと静かに降り続くぼたん雪が、黒い帽子と黒いコートの両肩をすぐに白くした。

　森本は上半身を曲げ、タクシーの後ろの席から出ようとしている妻に手を貸した。黒い道行きコートの下は黒い着物姿で、黒い帯を締めて身動きのしにくさはあるものの、代わりに優雅さと美しさを織り成していた。鮮やかな白足袋が黒い草履に際立っており、さりげなく上品に整えられた髪の上にも、雪片が舞い降りていた。二人の後ろの道路わきにもう一台の紺色のタクシーが止まり、岡山県警本部長が妻と一緒に姿を見せた。本部長夫妻も森本夫妻と同じ服装だったが、本部長のスーツの方は、腰回りが数サイズ大き目だった。

　本部長と森本は着物姿の妻を気遣い、ゆっくりとした足取りで寺の門を抜け広い中庭に入った。その一角に張り出した大きな屋根が、森本と妻にとって、降り続く雪をしのぐうってつけの場となっていた。二人は本部長と彼の妻の後に続いて、陰鬱な顔をして集まっている人々の列に加わった。列はゆっくりと進んだ。受付係の机の傍らまで来ると、係員がお辞儀をして小筆を差し出した。

　お辞儀を返した森本は、机の上に広げてある芳名帳に住所と名前を書き、内ポケットから香典を取り出してそばの盆に置いた。

　張り出した屋根の下を離れ、本部長と森本は後を歩いてくる妻たちと再び雪の中に出て、長い石段を上り本堂に入った。

靴を脱ぎ、妻と大広間に入った本部長は少しばかり上気した顔になっていた。慣れているとはいえ、かなり厄介そうな動作でひざをつき背をそらしてどうにか正座した。妻も同じ姿勢をとった。また森本と妻も本部長夫妻のそばに座った。

森本はそっとため息をつき、人目につかないように周囲を見渡した。

様々な年齢層の男性や女性、それに子供達でほぼいっぱいだった。一様に黒い服を着て、生真面目そうな表情をして各自の悲しみや倦怠、当惑の度合いを表していた。本堂内の重苦しい沈黙は時折、靴下で歩くときに出るシュッシュッという音で破られた。

森本は、すぐ前に並んで正座している人々の両足に目をやった。男性の大人や少年達は薄手の黒い靴下、着物姿の夫人達は真っ白な足袋をはいていた。白い真珠のネックレスに黒い洋服を着た女性や少女達は、おしゃれな黒いストッキングをはいていた。

森本は、体重を両足首に交互に移しながら、しびれを我慢していた。かなりの時間、ずっと正座したままでいることは分かっていた。

本堂内の高い天井からは照明燈が下がり、ずっと奥の祭壇にある黄金の仏像や装飾が照らされて浮かび上がっていた。祭壇の周りに置かれた香炉からは、部屋中に香の香りが漂い、細い煙が部屋の隅で淡い幻想的な雰囲気を醸し出していた。簡素な木製の柩が祭壇前の台に置かれ、その周囲はもちろん、祭壇の上や輝いている仏像の周りまで、純白と黄色の菊の花が取り囲むように飾られていた。

柩の頭部そばの祭壇に、背の高い壺が置かれていた。濃い褐色の土を焼いた素朴な手作りの焼き物だった。表面は淡い青と濃い緑の色合いで小さな鮮紅色の斑点が飛散しており、無釉で、形に少しばかり変化を付けてあった。

柩の上には、黒いリボンで飾られた質素な黒い額縁に入った大きな写真が立てられていた。和服姿のかなり年配の男性で、五年前にカメラマンがシャッターを押した時、平静な中にも満足げな表情を浮かべて、カメラをじっと見据えていた。その写真が自分の柩の上に置かれるのを、長沢為葦は知っていたのだ。その落ち着いた相好の中に、土とともに過ごした生涯や、自然のままの成分から美しい永遠のものを創造するため、終わりなき闘いを通じて勝ち得た見識が反映されていることを、賢明な観察者には見てとれた。備前焼作家として成功した人生を送ったと世間の人から考えられていたが、それでいて本堂いっぱいを埋め、しかも入り切れず隣の建物にまでずっと続いている大勢の会葬者を、頭越しににらんで威圧するような傲慢さは少しも感じられなかった。

その顔は世間から大きな注目を浴びていた。長沢為葦は生前、大変有名になっていたからだった。実際、達人であり名匠としての技術は、備前焼作家の間だけでなく、一般の人々からもずぬけて立派な評判を得ており、国からもこの種の伝統工芸職人では最高の評価が与えられていた。長沢為葦は二十年前から人間国宝に指定されていたのである。

単調な太い声でゆっくりと読経をしていた僧侶は、間合いごとに罄子（けいす）を鳴らした。広間を動き回るのは落ち着かない子供達だけで、母親の厳しい監視の目から逃れ、姿勢を様々に変えることで、居心地の悪さを少しでも和らげようとしていた。

今の森本には警察のことや、若いアシスタントの鈴木刑事と一緒に働いている日々の仕事に身が入らなかった。一月にあった事件の中には、関心を引くものがなく気抜けしていた。最近、興味をそそられるほどの謎解きをすべく、挑んでいくような難事件は何も起きていなかった。彼らが見事解決した一対のダイヤのペンダントにまつわって起きた信じられない事件捜査も、既に二カ月も前のこととなっていた。それが解決した後は、重大な事件も起きておらず、森本と鈴木の頭を心底悩ますようなことは何もなかったからだ。

僧侶の読経の後、長沢為葦の娘が柩にゆっくりと歩み寄った。黒い和服には長沢家の家紋が刺繍されており、一連の数珠を手にしていた。柩の前で正座して焼香、続いて二人の息子である健三と栄三が、母親と同じように焼香した。

長沢為葦の孫の後に他の親族が続き、柩の前には辛抱強く待つ人達の長い列ができていた。列は前から死者に最も近い身内が並び、それから少し離れた親類、友人などとなっていた。このグループの後方には、岡山市や周辺地域の有力者が続いた。偉大な人物の死を悼んで心からの弔問に訪れた者もいれば、大切な儀式のため社会的地位の立場上やむなく参列している者もいた。

本部長夫妻も列に並び、森本もすぐ後ろに続いた。柩に近づくにつれ、森本は厳粛な表情になり哀悼の意を強くしているようだった。柩のそばの祭壇に置かれている、長沢為葦の数ある傑作の一つと言われている見事な壺を、森本は畏敬の念を持って眺めた。

本部長の妻が焼香を終えて席に戻り、続いて森本が柩に近づきその前に正座した。柩は長沢為葦の肩から上の部分が見えるように開いており、森本は焼香しながら死者を見た。感謝に満ちた人生と、偉業を成し遂げた自負心を持った九十歳になる長沢為葦の目は閉じられ、安らかで落ち着いた表情だった。だが驚いたことには、死んだ男の表情に何か気になるところが。森本はためらいがちに指先で長沢の額にそっと触れた。死んだ男の顔に浮かんでいるひそかな笑みは何を暗示しているのだろうか？　いたずらっぽい笑顔か？　長沢為葦は今わの際にジョークを残したのか、何かの企みか、それとも謎解きパズルだろうか？

葬儀が終わり会葬者は小さなグループになって本堂から出て、まだ雪の舞う中庭に降り立った。もう友人や知人と心置きなくあいさつを交わし、再び遠慮なく話すことができた。

寺の表でタクシーを待っている本部長と森本に、近くに立っていた着物姿の女性がお辞儀をした。

「おはようございます。立派なお方でしたね、長沢為葦様は。作品にはとても感服していました。幸運にも長年かけて少しばかり集めてきましたので、本社ビルのロビーに飾っています。あ、申し遅れましたが、私はカラミティ保険会社の社長をしております」

「おお、そうですか」本部長は礼儀正しく答えた。

「初めまして、お会いできて光栄です。おっしゃる通り、本当に優れた備前焼です。素晴らしい色合いで、いつ見ても楽しませてくれます。県警本部のロビーに飾れるといいのですが、残念ながら長沢さんの作品を買うには予算がとても足りません。あの方の死は岡山にとって甚大な損失です。かけがえのない人を失ってしまいました。それにしても九十歳とは、結構なお年じゃないでしょうか」

「そうですね。ところでこの機会をお借りして、昨年暮れの見事な捜査に、個人的に感謝の意を表させていただきます。ダイヤのペンダント事件にまつわる手際のよい事件解決のことです。きっとお気付きだと思いますが、私どもの会社は非常に助かりました」

それを聞いた途端、葬儀での本部長の重苦しい顔つきは、瞬く間に消えた。慎み深い笑みをと思ったが、つい相好を崩し、大きく歯を見せにっこりと笑いかけた。

「それはどうも、そのように言っていただき大変恐縮です。ありがとうございます。しかし、我々はそのために居るわけですからな—岡山の法秩序を守る住民と会社の利益を守り、あなた方が納めた税金を最大限有効に生かすのが使命ですから」

よく磨かれた豪華なセダンが止まり、お抱え運転手が降りて後部ドアを開けた。カラミティ保険会社の社長は再びお辞儀をして、そつのない身のこなしで後部座席に乗り込んだ。

社長の車が去った後、本部長はいささか上気し後ろに少しふらついたが、背中を伸ばし真っ直ぐに立ち、寺の外で最後に残っている参列者に笑いかけた。そのような実業界の著名人から寄せられた岡山県警に対する惜しみない賞賛は、本部長の朝をこの上ないものにしていた。

2　二つの遺体

　三月終わりの晴れた水曜日午後四時二十分、岡山県警本部の森本警部とその部下、鈴木刑事の居る執務室のドアを強くノックして、山田巡査部長が勢いよく入ってきた。

「ああ、警部、岡山駅前の事務所で二つの遺体が発見されたようです。行って調べますか？　車を外で待たせています」

　森本は机の角から脚を下ろし、居住まいを正した。

「え、本当か、二つの遺体だって？　それじゃ、すぐ行かなければ。そうだろう、鈴木刑事？」

　鈴木はパソコンのキーを打つ手を止めた。

「もちろんです、行きましょう」

　県警本部から岡山駅を二区画ほど離れた四階建てのオフィスビルまでは、ラッシュアワーの混雑が始まりかけた道路を縫うように行ったとしても五分とかからなかった。そのビルに着いたとき、赤色灯をともした三台のパトカーが止まっていた。入り口の周囲には人が集まり、首を伸ばし三階の窓を見上げながら、何が起こったのか興味深げに興奮した声で話し合っていた。

　ビルの一階にある旅行会社の窓には沖縄やハワイの光り輝く青い海と、砂浜の美しい黄色の砂をイメージした大きな展示があった。しかしこれらには気をとめず、森本と鈴木は山田の後に続いた。人だかりの脇をすり抜けてビルに入り、エレベーターや階段に通じる出入り口を監視している女性警察官のそばを通り過ぎた。

　三階でエレベーターを降りて右に曲がり、別の女性警察官が配置されている開いたままのドアに向かった。ドアには「長沢栄三備前焼窯元　岡山事務所」

と書かれてあった。

広い事務所ではなかったが、小さなすすけた窓から通りを見下ろすと、旅行会社の前には物見高い群衆がさらに増えていた。室内の大半は、段ボール箱などが乱雑に積み上げられていた。また典型的な事務用備品といえる小さな机があり、突き当たりの壁には小さなコピー機が置いてあった。しかし、事務所に入った森本と鈴木の注意は、機能的な四脚の椅子を配した部屋中央のテーブルにひきつけられた。二つの遺体が向かい合ってうつぶせに倒れていた。

長い白衣姿の緒方監察医が白いゴム手袋を着け、かがみこんで遺体を調べていた。

「お世話になります、緒方先生」森本は言った。

「早くおいでになられたようですね」

緒方は目を上げた。

「ああ、警部、こんにちは。今来たばかりです。連絡があったとき、丁度病院を出るところでした」

「二人は死んでいるようですね?」

「ええ、完全に事切れています。突然の心臓発作か何かのようです。現時点では、この程度しか分かりません。研究室で詳細に調べればもっと分かるでしょう。ところで私が警部なら、二人が何を飲んだのか、とりわけに気になるのですけどね」

テーブルの上には三つコップがあった。二人の死体の前にあったそれぞれのコップには、鮮やかな琥珀色の飲み物が半分ほど残っていた。三つ目は、空いている椅子の前のテーブルに置かれており、空だった。

「自殺か他殺か、どうでしょう?」森本は尋ねた。

「突発的な死の可能性は?」

緒方は肩をすくめた。

「すぐには何とも言えませんね。もしかして、ずっと分からないかもしれません。後で詳しく説明しますが、二人が死ぬような物を飲んだことも充分考えられますね。しかし、それに気付いていたのかどうか、もっともそれはあなた方の分野でしょうが」

「さて…」森本はつぶやいた。「本部長にとって、もし二人も殺されたとすれば受け入れ難い思いだろう。岡山の殺人の集計が大幅に増えることになり、このニュースが東京に伝わることは面白くないだろうな」

森本は山田の方に向き直った。

「遺体の発見者は？」

「遠藤という者です。午後四時ごろ電話をかけてきています。長沢栄三の下で働いているそうです。遠藤によりますと、どうやら左側の男が栄三で、右側は兄の健三のようです。二人は長沢為葦の孫です」

森本は数カ月前に列席した葬儀を思い起こした。

「何とむごいことだな」彼は言った。

「その通りです。話を聞くため遠藤を本部に連れていっています」

「ああ、そうか」

森本はあごを撫でながら、立ち上がって二人の遺体を見つめた。

「死亡推定時刻が分かりますか、緒方先生？」

「多分、今しがたです」緒方は答えた。「研究室に帰って二人をよく調べてから、詳しく報告します。遺体を運びますよ？」

「ええ、遺体のポケットを調べたらどうぞ。すぐに終わります」

兄弟は、どちらも開襟シャツに上着という身軽な服装だった。山田は栄三のポケットをくまなく探し始め、すぐに財布、携帯電話、キーホルダーのついた鍵束、強い芳香のペパーミントの小さな巻きタバコを発見した。最後に上着のポケットに手を入れ、金属製のふたをした小さなガラス瓶を取り出した。ふたのシールは破られ中身は空だった。山田はその瓶を注意深くビニール袋に入れた。

「慎重に扱ってください」緒方は述べた。「二人の死の裏には隠された何かがきっとあるでしょうからね」

森本は山田からその袋を受け取り、瓶を詳しく調べてからうなずいた。

「きっとそうでしょうな、先生。瓶のラベルにはフェノトロキシンと書かれ、嚥下厳禁と警告もありますよ」

山田は栄三の上着のポケットを調べ直し、今度は名刺を取り出して森本に見せた。名刺には「カラミティ保険会社 保険外交員 佐々木誉司」とあり、住所、電話番号も書かれていた。それを見た鈴木は眉をひそめた。佐々木は、昨年暮れに起こったダイヤのペンダント事件で、森本や鈴木と一緒に仕事をしていた。

「見たまえ、鈴木刑事」森本は驚いて言った。「栄三は佐々木を知っていたようだ。佐々木がここで何があったかを話してくれるかもしれないな?」

「ええ、どうでしょうか」鈴木は不安げに言った。

山田はテーブルの反対側に移って、健三のポケットを調べた。今度は上着の前ポケットから調べ始めて、栄三のものと同じガラス瓶を見つけた。これもまた空だった。

「非常に面白いな、そう思わないか?」森本は言った。

「ええ…そうですね、警部。何とここにも空き瓶がもう一つ、どうなっているんでしょう」

山田は捜索を進め、財布と鍵、携帯電話も見つけた。また健三の上着の内ポケットから白いカードを取り出し、別の袋に入れて森本に手渡した。

森本はそのカードをじっと見つめた。片面には何も書いてなくて、裏面に４０３８８７の数字が書かれていただけだった。彼は鈴木に渡した。

「この数字は何だろう?」

「ふーん…何でしょうね、警部」

黒い袋に入れられた二人の遺体は、ストレッチャーに乗せエレベーターで運び出された。その後、森本と鈴木は事務所を注意深く調べた。しかし、不自然な点は何もなく二人は窓辺に立ち、待機している救急車や通りの半分をふさぐほどに増えた野次馬を見下ろした。運び出される遺体に、駆け付けた取材陣が盛んにフラッシュをたいていた。

「明日はこの地方すべての朝刊の一面トップに載るだろうな」森本は言った。

「ええ、間違いなくそうでしょう」鈴木は答えた。

「メディアは長沢家に関することは何も見逃しません。二人の死は衝撃的なニュースになるでしょうね。長沢為葦の娘さんが、生き残った一番近い肉親になります。何と痛ましいことでしょう。父親が亡くなったばかりで、こんなに早く二人の息子さんまで失うなんて」

「そうだな。ところで、これが事故だとはとても思えない。自殺でなければ、殺人事件として取り組まなければならないな。いずれにしても衝撃的な事件だ。一つだけはっきりしているのは、メディアは非常な関心を持って捜査を見守るだろうということだ」

鈴木はうなずいた。

「確かにその通りですね」

森本はあごを撫でながら、振り返ってもう一度、事務所の中を見回した。

「ふーん、二人の兄弟、二つの遺体、二杯の飲みかけの飲み物、二本の小さいガラス瓶。このことをどう思うかな?」

「全てが対称的な状況の事件ですね、警部」

3　第一発見者

二十分後、岡山県警本部に戻った森本警部と鈴木刑事は、遠藤の待つじゅうたんの敷かれた二階の面会室に向かった。二人が入ると、遠藤も立ち上がってあいさつを交わした。

「初めまして遠藤さん、森本です。それに鈴木刑事です。お待たせして申し訳ありません。あなたが遺体を発見された事務所から今帰ってきました。とんだことでしたね」

部屋の中央によく磨かれた木製のテーブルがあり、三人はその周りに置かれた椅子に座った。

「恐ろしいことです」遠藤は答えた。「お気の毒に、兄弟の母親がこれから耐えていく悲しみを考えるとたまりません」

遠藤は三十歳代の前半で、二人の兄弟とほぼ同年代。少し顔を青ざめショックを隠せない様子で、そっと顔の左部分をさすっているのに森本は気付いた。

「どうして亡くなったのか分かりますか？」遠藤は続けた。「自殺ですか、それとも殺されたのですか？事故のはずはないですよね？」

「今のところまだ確かなことは分かりません。ところで、あなたの供述はもう記録されており、大変参考になります。ありがとうございました」

森本は机に置かれたフォルダーを開いて読み始めた。

「ところで、えーと」彼はゆっくりと言って、上目遣いに遠藤を見た。「栄三さんの窯元で働いていますな？」

「はい、そうです」

「二人の遺体が発見されたのはその事務所ですか？」

「ええ、岡山事務所です。本社は備前の工房にあり、そこで備前焼を制作しています」

「そうですか」

遠藤の供述を続けて読みながら、森本はゆっくりとうなずいた。

「今日の午後四時少し前に発見したとおっしゃっていますな」

「はい、そうです。事務所のテーブルの上にうつぶせになって倒れていたのです。今までに、これほどの衝撃を受けたことはありません。すぐに救急車を呼びました」

「身体に触りましたか?」

「ええ…実を言うと、少しばかり栄三さんの身体を揺すってみました。しかしもう死んでいるようでしたし、健三さんもそうでした」

遠藤は、事件に相当ショックを受けているようだった。それでもなお、総じて冷静さを保って落ち着いて振る舞っていた。


「救急車が来るまでにどのくらいかかりましたか?」

「正確には分かりませんが、かなり早かったと思います、五分もかからなかったのでは。すぐに警官が二人来てくれました」

「それまで何をしていましたか、遠藤さん?」

遠藤は再び肩をすくめ、左のほおに触れた。

「何もしていません、全く何も。あまりの衝撃に、立ち直るのに暫く時間がかかったと思います。きっと頭の中が真っ白だったに違いありません。机に着いて待っていただけです」

「警官が来るまでに事務所で何かに触りましたか?」

遠藤は首を振った。

「いいえ」

森本は、遠藤の供述書のフォルダーを閉じて机の上に置いた。椅子の背に寄りかかって、ゆっくりとあごを撫でながらじっと遠藤を見た。

「栄三さんと健三さんの前のテーブルにあったコップはどうですか？　それらを覚えていますか？」

遠藤はうなずいた。

「はい、覚えています」

「コップに触りましたか？」

「いいえ、何も触っていません。申しましたように、栄三さんを少し揺すっただけで、救急車の到着を待っていました。その他は何もしていません」

「テーブルの上にあったコップの数を覚えていますか？」

「三個です」

森本が、遠藤をじっと見守っている間、暫くの沈黙が面会室を覆った。たとえ事件のショックが尾を引いていたとしても、遠藤は全く思い悩んでいる様子はなく、ことさら神経質にもなっていないことに、森本は気付いていた。


「コップが重要なカギになるのですか？」たまりかねて遠藤が尋ねた。「毒殺されたのですか、二人は？」

「今、詳しく調べています、遠藤さん。ところで、どのくらい栄三さんのところで働いていますか？」

「栄三さんが自分で窯元を立ち上げてからずっとです。そう三年以上になりますか。私は備前の工房の管理をしています」

「では、ほとんど工房に？」

「はい」

「それで、備前に住んでいるんですな？」

「そうです」

「今日はどうして岡山に？」

「歯医者に予約がありまして」

「なるほど。ところでどうやってここに？」

「列車で来ました」

「赤穂線で？」

「はい」

「来たのはいつごろ？」

「えーと、そうですね、確か午後一時ごろ岡山駅に着きました」

遠藤は、森本の質問に事務的に答え、じっと見つめる森本の視線には無表情な顔を返した。

「岡山に着いてから、真っ直ぐ歯科医院に行ったのですか？」

「駅で昼食をとり、その後でした」

「どこの医院ですか？」

「丸瑳医院です。今まで何年も通っています。駅から南へ歩いて十五分くらいです。グランドビューホテルを少し行った所にあります」

「それじゃ、歩いていったのですな？」

「そうです」

「予約は何時でした？」

「二時半です」

「それには早過ぎたでしょう？」

「はい、着いたのは二時少し前でした」

「そこにどのくらい居ましたか？」

「ええ確か、少なくとも一時間ぐらい診療にかかりました。歯のクリーニングやレントゲン写真を撮り、それから二、三の歯に詰め物をする治療をしました」

遠藤はまた左ほおを用心深く撫でた。

「終わってからどうしました？」

「事務所に歩いて帰りました、そこで二人を見つけたのです」

「帰るまでに、どこか寄りませんでしたか？」

「いいえ、どこにも…そういえば途中、本屋にちょっと」

「何か買いましたか？」

遠藤は首を横に振った。

「いいえ」

森本は言葉を切った。

「ところで、遠藤さん、事務所に戻って二人の遺体を発見したときは、大変なショックだったでしょう、お察しします。栄三さんの兄の健三さんも分かったんですな？」

「ええ、もちろん」

「二人が事務所に居ると思っていたのですか？」

「いや、栄三さんは今日岡山だと知っていたので驚きませんでしたが、健三さんまで居るとは思いませんでした」

「栄三さんが居ることをどうして知っていたのですか？」

「今朝、本人から聞きました」

「会ったのですか？」

「いいえ、電話です」

「何時ごろの？」

「そうですね、最初は備前の工房へ着いてすぐですから、八時ちょっと前のことです」

「栄三さんがかけてきたのですか、それともあなたから？」

「栄三さんからでした」

「どこからかけたのでしょう？」

「自宅からでした」

「どこに住んでいるのですか？」

「備前です」

「そうですか。話の内容は？」

「取るに足らないことです。栄三さんは工房の予定を知りたかっただけでした。私が歯医者に予約している話もしました。栄三さんは、今日ずっと岡山に居るつもりで、保険会社の誰かと会うことも言っていました」

「どこの会社ですか？」

「カラミティ保険会社です」

「栄三さんと話して何か変わったことに気付きませんでしたか？　声がいつもと違っていたり、ことによると興奮したり神経質になっていたようなそぶりは?」

「いいえ、全くありません」

森本はゆっくりうなずき、あごを撫でた。

「その他に今日、栄三さんと話しましたか? それとも、会ったのですか?」

「いいえ、会ってはいません、事務所で見つけるまでは。でも話はもう一度しました。その後、電話があり保険会社の外交員と会ったことを聞きました」

「それは何時ごろ?」

「そうですね…十時半ごろだったと思います」

「栄三さんが二度目に電話したとき、どこに居たか分かりますか?」

「いいえ、言いませんでしたが、きっと事務所だったのではないでしょうか—会うことになっていた場所だと思いますから」

「正確にはどう言ったのですか?」

「話し合いは順調にいって、契約書にサインしたと言っただけでした。最近、製品を運ぶ運送会社を新たに使おうとしており、保険の契約をやり直さなければならなかったのです。それで栄三さんは今朝、会うことになっていたのです。電話をしてきたときは、すべてうまくいったと話していました」

「それでは今朝十時半の電話が、栄三さんと話した最後ですか?」

「その通りです」

「そうですか。ところで遠藤さん、当然、岡山事務所の鍵を持っていますな?」

「はい」

「午後、事務所に着いたとき、ドアに鍵は?」

「かかっていませんでした」

「ドアは閉まっていましたか、開いていましたか?」

「閉まっていました」

「鍵がかかってなかったのを不審に思いませんでしたか?」

遠藤は暫く考えた。

「いいえ。取っ手を回して鍵が開いていたのが分かったとき、栄三さんが中に居ると思ったからです。全くおかしいとは思いませんでした」

「栄三さんも事務所の鍵を当然、持っていたでしょう？」

「はい」

「部屋の明かりは？」

遠藤はうなずいた。

「はい、ついていました」

森本は再び間を置き、その状況を暫く考えた。遠藤は、身動きもせずに座ったまま辛抱強く待った。

「あなたと栄三さん以外、誰が鍵を持っていますか、遠藤さん？」

遠藤は再び考え込んだ。

「知る限りでは、ずっと持っている者はいないはずです。しかし備前の工房では、誰でも使える予備の鍵―つまり複製の鍵を工房に置いてあります。それは受付の奥の壁に吊り下げられており、岡山事務所に用事のある人は誰でも持っていくことができます。もちろん後で返すことになっていますが」

「分かりました。備前の工房にある事務所、それが本社事務所ですな？」

「そうです」

「今日、誰か他に工房から岡山事務所に来ましたか？」

「えーと…知っている限り誰も。ここに他の人が居たとは思えません。もし誰かが岡山事務所に来ようとしていたら、恐らく私には分かったはずです」

「そうですか、ところで岡山事務所は一体何に使っていたのですか？」

「会議をしたり、物を保管したりするのに都合のよい場所でした。契約者や得意先との打ち合わせが必要になったとき、備前より岡山で会う方が便利な場合がありますから。また貯蔵スペースとして、備前に届ける物品の保管もしています。考えてみますと、今日、備前の工房から誰かが、物品を取りに岡山事務所に来る必要があったとも考えられます」

「今日どうして自分で岡山事務所に行かれたのですか?」

遠藤は眉をひそめた。

「正直言いまして、特別な理由はありません。岡山に来たついでに、事務所に何も変わったことがないことを確かめて、郵便受けを見てみようと考えただけです。申しましたように、栄三さんがそこに居るかもしれないと思っていました。とにかく駅から歩いて数分で、それほど遠くもありません。普段いつも岡山に来るときは立ち寄っています」

「郵便受けを見られましたか?」

「はい、一階エレベーターのドアの反対側にありますので」

「郵便はありましたか?」

「いいえ、何も」

森本は、あごをゆっくり撫でながら遠藤の供述を反芻してみた。遠藤は神経質になっているようにも不安そうにも見えなかったが、ただ午後受けた歯科治療の痛みが出ていたようだった。

「遺体を見つけてすぐに救急車を呼んだんでしたな、遠藤さん?」

「はい、本当にすぐでした」

「どの電話を使ったのですか?」

「私の携帯です」

遠藤は上着のポケットを軽くたたいた。

「事務所にも電話はありますな?」

「はい、机の上にあります」

森本はゆっくりうなずいた。

「最後に重要な点として、事務所で弟と一緒にいる健三さんを発見して驚いたとおっしゃっていますが、それはどういう意味ですか?」

「はい、兄弟は互いに会うことはもちろん、話すこともほとんどなかったからです。二人の仲は険悪なものでした――いわゆるお家騒動です」

「本当ですか?」

「そうです。そのために二人は窯元を別々に持っていました。兄弟の祖父が望まれていたように、力を合わせて一緒に仕事をするほどうまくやっていくことはできなかったのです。三年前から二人はそれぞれ窯元を興しています。健三さんの窯元もまた備前に工房を持ち、私達と同じように岡山にも小さな事務所があります。場所はこの事務所から通りを隔てた向かい側です」

「そうですか」

「健三さんの窯元と私どもは激しく競い合ってきました。兄弟間でずっと激しい反目がありました、恥ずかしいことですが。しかしながら、祖父の死をきっかけに、二人の間に関係改善の兆しがありましたが、でも今となっては…」

遠藤は肩をすくめた。

「もう本当に今となっては、どうでもよいことでしょうが」彼は言い添えた。

「誰かが兄弟を殺そうとした理由に思い当たりませんか? もし殺人だとしたら、背後に誰がいるのか何か思い付きませんか? 二人には、はっきりとした敵がいましたか?」

遠藤は首を横に振った。

「いいえ、なぜ兄弟を殺そうとしたのか分かりません。栄三さんだけが殺されたとしたら、嫌疑は当然、健三さんか、少なくとも健三さんが誰かと結託したのではないかと考えざるを得ません。しかし二人とも死んでしまっており、誰が得をするか思い付きません」

森本は立ち上がった。

「さて、遠藤さん、お手間を取らせました。今日はとんだ日になってしまいましたな。玄関まで鈴木刑事がご案内します。申し訳ありませんが、今日は岡山事務所へは帰れません。暫く現場保存のため、立ち入り禁止にしています。山田巡査部長に手配して、備前までお送りしましょう。備前の工房に保管している岡山事務所の鍵が必要ですから、貸していただけませんか？　もちろん調べを終えたらすぐにお返しします」

「分かりました。申しましたように、受付の後ろの壁に掛かっているはずです」

4　フランス料理店

遠藤の聴取を終えて十分後、鈴木刑事が執務室に駆け込んできたとき、森本警部は机に着いていた。

「山田巡査部長と遠藤は備前へ向かいました、警部」

「ああそうか、ところで遠藤をどう思うかな?」

鈴木は暫く立ったまま考えた。

「そうですね、よく分かりませんが、二人の死に大きなショックを受けているようです。無理もないことでしょう。歯の治療の影響もまだ少しあるようです。でも、異常に恐れたり神経質になったりしている印象は見受けられませんでした。しかし話の内容を詳しく調べ、裏付けをとる必要がありますね」

鈴木は手早くパソコンをチェックした後、机の下からハンドバッグを取り出し、コート掛けのコートをつかんだ。

「申し訳ありませんが、少し急ぎますので」彼女はそういって、時計を気にしながら執務室を走り出た。

「では明朝――」

間もなく、森本は県警本部の七階に上がり、本部長室に入った。ハンカチで額を拭いながら、机の上に開かれているフォルダーに目を通していた本部長は、大変気掛かりな様子だった。

「これまでに分かったことを教えてくれないか、警部。十分後に記者会見を開く。国内の全系列のテレビ局からカメラが来ており、生放送もあるはずだ。全国の目が岡山県警に向くだろう。失敗は許されない、いい印象を与えなくてはならないんだ」

本部長は壁の鏡に歩み寄り、落ち着かないそぶりでネクタイを締め直し、襟元を整えた。

「よく分かりました」森本は答えた。「しかし、現時点でメディアに話せることはほとんどありません。

今言えるのは、二人の兄弟の死を確認することだけです。何しろ緒方先生の報告もまだ届いていないのですから」

「何ということだ」本部長は、薄くなった白髪交じりの髪をとかしながらつぶやいた。「偉大な人物、その人が亡くなったばかりなのに。分かるだろう警部、唯一、長沢為葦の救いはこれを見なくてすんだことだ。こんな形で孫を失って、どれほど嘆き悲しんだろう──孫はこの二人しかいなかったのだからな」

「おっしゃる通りです、本部長」

「何があったと思うかな？　確かに二人は偶然に死んだはずはない。自殺か他殺か、どっちだろう？　君の意見はどうなんだ？」

森本は肩をすくめた。

「まだどうとも言えません。もちろん両方の可能性もあります」

本部長は髪をとかすのを不意に中断し、くしを持ったまま振り返って森本を見た。

「ああ、分かった。一人がもう一人を殺し、それから、後を追って自殺したのかもしれないな。もっともだ、その可能性も当然ありうるな」

「いずれにしても、二人の死には間違いなく謎があると、記者会見で言っておくべきです。二人とも殺された可能性も考えていると、示唆しておいてはどうでしょう」

「君がいうのなら、ぜひそうしよう。しかし、細心の注意で臨まなければならないな？　多分、落ち着かせて安心させる口調で言うべきだろう。あまりにも人騒がせな人間だと思われたくもないからな。こんな時に一般大衆は、あまり驚かされることを嫌い、守ってもらいたいという気持ちになるものだ。国民に動揺を与えないためにも、記者会見できちんとした印象を正確に伝えるのが非常に重要になるだろう、そう思わんかな？」

森本は何が最善の答なのか決めかねて、本部長が鏡の前で身づくろいをしている間、暫く黙っていた。

「いずれにしても、警部、一つだけ確かなことがある。これが殺人事件だとするなら、犯人にとって、岡山県警は到底、太刀打ちできる相手ではないとすぐに思い知ることになるだろう。そのように、はっきり国民に説明するつもりだ！　そう既に我々は、犯人と相対しているんだ！　だから国民は期待しているはずだ！」


本部長が記者会見をするため、テレビカメラの前に出て行こうとしていたそのころ、鈴木は岡山で最高級のフランス料理店に居た。しゃれたテーブルクロスが掛けられ、ろうそくが灯る小さなテーブルに寄りかかって、食事をしながら佐々木と静かに話していた。

「そうか、健二さんと栄二さんはどちらも、駅前通りのその事務所で死んで発見されたんだって！」佐々木は驚いて言った。「とても信じられないな、会社を出る前にそのニュースを聞いたんだ。テレビをつけると、二人の遺体を運び出すところだったんだ」

ガーリックバターがステーキの上でゆっくり溶けていた。彼は半分になった赤ワインの瓶を取り上げ、鈴木のグラスいっぱいに注ぎ足した。

「森本警部と一緒に、その事件の捜査にあたるんだろう」彼は続けた。「また暫く忙しくなりそうだね。今日、夕食に誘っておいてよかったよ。この事件が片付くまで、会う時間はとても取れそうにないだろうからね」

鈴木は微笑んだ。

「いずれにしても、このレストランなら気に入ってもらえると思っていたよ」佐々木は言い添えた。「同僚がここを勧めてくれたんだ、どうだった？」

「とてもおいしいわ、誉司さん。本当にすてきなひとときね」

「もちろん僕もだよ。しかし考えてみると、この新たな事件の扱いには細心の注意を払った方がいいよ。全国の人が、捜査の一挙手一投足を見守ることになるだろうからね。ところで、メディアはもう県警本部へ集まっているんだろう?」

「ええ、会見場はもうごったがえしていますよ。今晩出かけるころには、多くの取材の人達が来ていました。テレビ取材班やリポーター、これまでこんなに集まったのを見たことはありません。丁度、本部長が会見をしているころです」

「それじゃ、君達はスポットライトのど真ん中にいるわけだ?」

「確かにそうかもしれませんね」

鈴木はパンの入ったかごを佐々木に回した。

「今朝早く何をしていたか分かるかい?」彼は尋ねた。「驚いたことに、栄三さんと会っていたんだよ、信じられるかい? 遺体をビルから運び出すのを見たときは身の毛がよだつ思いだったな。本当に今朝のことなんだ、事務所で向かい合って座っていたのは。まさに死体が見つかったその場所なんだ。僕が栄三さんと会ったことを他の依頼人が見ていなければいいのだが。それを見た人達が揶揄するかもしれないからね—朝、保険外交員と会えば午後には死ぬぞとね。何とか言い逃れても、保険の仕事にプラスにはならないからね!」

　佐々木はくすっと笑った。しかし鈴木は彼の目を避け、不安げな様子だった。

「すべて聞かせてちょうだい、誉司さん」彼女は言った。「今朝、栄三さんと会ったときのことについて、詳しく話していただかないと…」

5　6桁の数字

翌朝、木曜日の七時十五分、森本警部は路面電車を降りて県警本部入り口へ向かって歩いた。大きなマイクを持った若い女性が走り寄り、行く手をさえぎるように前に進み出た。テレビのカメラマンが急いで来て、彼女の後ろに位置を定め、森本の顔の正面にカメラを向けるのを待った。

「岡山県警本部前から生中継でお送りしています」

彼女は大げさに誇張した重々しい声でマイクに向かい、森本に歩み寄った。「国中に衝撃を与えている二人の悲劇的な死、人間国宝だった長沢為葦氏の二人のお孫さんの事件ですが、これを捜査しておられるのが森本警部です」

リポーターは、さらににじり寄ってきた。

「警部、朝からお忙しいところをお邪魔します。現場から集めた証拠を調べておられるのでしょうが、少し時間を割いて視聴者に捜査の進展状況をお話ししていただけませんか?」

「お断りします」

リポーターは森本のそっけない答えを予想しておらず、平静を取り戻すまで気まずい沈黙があった。

「ああ…そうですね、とにかく、本部長の昨夜の記者会見で、殺人の可能性も否定できないということですが、名家の出の若い二人が、そのような悲惨な最後を遂げたことは全国民に衝撃を与えました。ここ岡山で起きた殺人かもしれない事件の可能性について、もう少し具体的にお話しいただけませんか、警部?」

「話すことは何もありません」

「なるほど…ええ、きっと視聴者は、現時点で捜査には漏らすことのできない多くの微妙な点があることを、きっと分かっていると思います。この極めて重大な事件の捜査がうまくいきますよう、視聴者とともにお祈りしています。朝の忙しい時にお手間を取らせて申し訳ありませんでした。本当に有難うございました」

「どういたしまして」

しばらくして森本が執務室に着いたとき、鈴木は既に来ていた。机の上に置かれた岡山トリビューン紙のトップの大見出しが目に入った。「**長沢家に二重の悲劇　殺人か自殺か?**」

「おはよう、鈴木刑事。何か新しい情報は?」

執務室の角には大きなダークレッドの傘を置いている傘立てがあった。森本はそのそばにある壁にコートを掛けていると、鈴木は調べていたフォルダーから顔を上げた。

「おはようございます。報告が入っています。まず、緒方先生からです。それに科学捜査研究所のコップの詳細な分析結果も届いています。山田巡査部長の報告にも目を通していたところです」

「そうか、どういっているかな?」森本は机に座りながら尋ねた。

「はい、結論として二人とも、空になっていた二本のガラス瓶に入っていたフェノトロキシンによる中毒死です。瓶はそれぞれ二人のポケットから見つかっています。毒物は飲み物に混ぜられたようです」

「そうか」

「緒方先生の報告によると、遺体は長沢健三、三十一歳と、弟の長沢栄三、三十歳に間違いありません。飲んだフェノトロキシンによる心臓発作で、二人は同じように死んでいました。飲み物に含まれていた毒は致死量をはるかに超えており、あっという間だったろうと記されています」

「二人の死因は、発見されたときの状況と合致するのかな。テーブルにうつぶせに倒れていたんだろう?」

「はいそうです。どちらもテーブルに座ったままで毒を飲んだということで、不自然なところはないそうです。心臓発作を起こし、前に自然に崩れ落ちたのでしょう」

「そうか、死亡推定時刻は?」

「昨日の正午より後で、遅くとも緒方先生が事務所に着く二十分ぐらい前までだろうと記されています。先生は四時十五分に着かれました。と言うのは、事件を知らされたとき、すぐ近くの岡山セントラル病院にいらっしゃったからです。ですから二人の死は昨日、正午から午後三時五十五分の間だとみておられます。ちなみに、三時五十五分は遠藤が救急車を呼んだ時間ですね」

「そうだ、興味あるところだな。そうなると兄弟が死んだのは、遠藤が事務所に着くそんなに前ではなさそうだな」

「その通りです。事務所に遠藤が居た間だった可能性も考えられます」

「うーん、それもそうだな。二人同時に死んだんだろうか?」

「緒方先生は明記されてはいません。どちらも先生が特定された時間内である限り、二人は全く異なった時間に死んだ可能性もあるようです」

「二人の遺体に変わったところは? 例えば争った形跡とか何かが?」

「いいえ、それはありませんでした」

「ふーん…それじゃ飲み物は? 科捜研では何か見つけ出したかな?」

「フェノトロキシンの入った麦茶のようです。少なくとも、兄弟の前のテーブルに置かれた二つのコップにはその痕跡が見られました。それぞれのコップに入っていたと思われるフェノトロキシンの量は、見つかった小さなガラス瓶一本分くらいありました。

ですから、丁度一瓶ずつ全部が、二つのコップにそれぞれ入れられていたようでした」

「分かった」

「それは味もにおいもありません」

「ああ、そうか?」

「そのようですね。また、テーブルの上にあった三番目のコップも調べています。昨日午後、私達が事務所に着いたときには空っぽでしたが、科捜研は同じ種類の麦茶を検出しました。しかし、いつコップが使われたのかはっきりしていません。昨日使われていなかった可能性もあるそうです。何日も前に使って、洗わずにそのままにしていたのかもしれません。いずれにしてもそのコップには、フェノトロキシンの痕跡はありませんでした」

「それは確かなんだな?」

「ええ、そう報告されています。それから二本の空瓶からもまた何かの跡が、そうです、フェノトロキシンが確認されたようです」

「それじゃ、ラベルの通りだな」

「はい、山田巡査部長の報告によると、昨夜、捜索したとき、事務所には同じような瓶の入った箱がたくさんあったそうです」

「ああ、本当か?」

「はい、フェノトロキシンは焼き物製造で多く使われる化学薬品です。巡査部長によると、粘土を使うときの洗浄剤のようなもので、事務所にある他の在庫品と一緒に置かれていても不思議ではありません。しかし、すべての箱に六本ずつ瓶が詰められていたのですが、一箱だけは四本しか残っていなかったという興味深い指摘をしていました」

「それは面白い。その箱は事務所のどこにあったのか、記録しているんだろう?」

「ええ、積み上げられていた箱の一番上にあったようです」

「ふーん…ますます面白くなったな。他に何か注目するようなことは?」

「ええ、冷蔵庫のことにも触れていますよ。小型のものが事務所のすみに置かれ、中に麦茶が半分残っているペットボトルがあり、減っていた分量はテーブルにあった三つのコップを丁度いっぱいにする量でした」

「それは開けたばかりの新しいものと一致する量だから、三つのコップにつがれてから冷蔵庫に戻されていたわけだな」

「その通りです、警部。しかし三つ同時につがれたのかどうか確かではありません。一つだけついで飲んで、他のコップは二人の兄弟のために別の時間につがれた可能性もありますね」

「そうだな」

「科捜研の分析によると、ペットボトルに残っていた麦茶からはフェノトロキシンは検出されませんでした」

「なるほど」

森本はゆっくりうなずき、あごを撫でた。

「氷について、巡査部長の報告はどうかな?」

鈴木は微笑んだ。

「警部がその点に疑問を持たれているのではないかと思っていました。冷蔵庫の製氷室には氷が半分残っていたそうです」

「そうか、半分だけか。昨日午後、我々が事務所へ着いたとき、テーブルのコップに氷がなかったことも関係しているのかもしれないな?」

「そうですね、警部、確かにありませんでした。もし、兄弟が麦茶に氷を普通に入れていたなら、私達が着いた四時二十五分までには解けてしまったに違いありません。氷が解けるのに一時間かかると仮定しますと、死亡時刻は、言ってみれば三時半より前になることを示唆していますよ。もちろん二人の兄弟が、飲み物を出されてすぐに飲み、その際、毒が仕込まれていたとすればですがね。もし遠藤が三時五十五分に事務所に着いたとき、コップに氷があったかどうか覚えていたら、死亡推定時刻はもっと限定されるかもしれませんね」

「ああ、そうだな」

「それに、科捜研の報告では、他にも兄弟二人の飲み物に氷が入っていたことを暗示させる理由をあげています」

「本当か、どういうことだろうな?」

「コップの麦茶が薄まっていたそうですよ、たとえ一瓶全部のフェノトロキシンを加えたことを考慮に入れても。テーブルの麦茶は、冷蔵庫のペットボトルのものより少し薄めだったということは、飲み物の氷が解けたこととつじつまが合います」

「うーん…それは鋭いな」

「ああ、それから科捜研は三個のコップの指紋も調べています。倒れていた栄三の前にあったコップと、健三の前のコップどちらからも栄三の指紋が検出されました。さらに健三のコップからは、健三自身の指紋も出ています」

「ということは、例えば栄三がテーブルまで二つのコップを運び、健三は自分のコップだけに触れたということだな」

「その通りですよ。空だった三つ目のコップから指紋は出ませんでした」

「そうか」

鈴木は机からカギの入っている袋を取り出した。

「最初の一つは備前にある栄三の工房の事務所で、巡査部長が手に入れた鍵です」

「八面六臂の大活躍だな、巡査部長は!」

「実におっしゃる通りです!」

「鍵は結局、そこにあったんだな?」

「そうです、警部。昨夜、巡査部長が備前の事務所まで遠藤を車で送り、話していた通り事務所の壁にかかっているのを確認しました。栄三のポケットにあったキーホルダーについていた鍵と同じです。覚えておられるでしょう、遠藤は岡山事務所の鍵は、自分のものを入れて三個あるだけだと言っていましたね」

「その通りだ。しかし厳密に言うなら、存在が分かっている鍵が三個だけあったということだ。もし栄三の窯元で働いている者が、岡山事務所に行く必要があったときは、いつでも鍵を持ち出すことができたはずだからな。その中の誰かが密かに合い鍵を作っていた可能性もあるぞ」

鈴木はうなずいた。

「十分考えられますね」

森本は暫く考えた。

「ところで、健三の上着のポケットにあったカードについてだが、それには六桁の数字が書かれていたんだったな？　何を意味するのかな？」

鈴木はノートを見ながら頭を振った。

「分かりませんね、４０３８８７の数字がタイプされていました。ずっと考えているのですが、何か見当もつきません。全く不可解なことです。もちろん、電話番号かもしれませんが、それにしたら市外局番がありません。大阪、神戸、広島や京都のような大都市は七桁の電話番号、東京に至っては八桁です。ですから、そのあたりの地域の電話番号とは考えられません。岡山では六桁だけの番号もあるので、岡山のものかとも考え、今朝、電話会社で調べてみましたが、該当する番号はありませんでした。同じように備前や倉敷でも同様です。その番号はどちらの地域でも使われていません。思い付いたことといえば、前に姫路地域の番号をつければ、そこのピザ配達の電話番号になるということです」

「おお、本当か？　だが、ピザが特別うまいものでない限り、健三が自分でわざわざカードに電話番号を記入して持ち歩くとは思えないな。ところで、栄三のポケットで見つかった佐々木の名刺はどうだった？　これについて当たってみたかな？」

「ええ、実は昨夜、誉司さんと、ああ佐々木さんですが、一緒に食事をしたのです。その際聞きましたが、昨日朝、栄三に会ったそうです。朝九時十五分に栄三の事務所で会う約束をしていて、誉司さんは九時五分ごろに着いて外で待っていたそうです。栄三は岡山まで列車で来て、時間丁度に姿を見せたと言っていました」

「そうか」

「栄三はその列車は満員だったと話していたので、誉司さんは栄三が列車を使ったと分かったのです。とにかく時刻表を調べてみましたが、私達が昨日、遠藤に聞いた話の内容と合いますね。昨日の朝八時前、栄三は自宅から遠藤に短い電話をしたと聞いています。もし栄三が電話をかけてからすぐに家を出たなら、八時三十一分に備前の伊部駅を出て九時九分に岡山駅に着く列車に間に合ったはずですよ。それで、岡山駅から真っ直ぐ事務所に歩いて行ったなら、誉司さんとの約束の時間にぴったり合いますね」

「そうだな、すべてがうまく合うな。ところで、佐々木と栄三が最後に会ったとき、どのくらい居たのかな？」

「三十分ぐらいだったそうです。栄三を事務所に残し、誉司さんは九時四十五分ごろに帰っています。誉司さんの話では、栄三の窯元で使っている運送会社の変更で、新たに必要になった保険契約のことで会っていたのは間違いないそうです。これは遠藤が昨日、私たちに供述した内容を裏付けることになりますね」

「栄三は佐々木に麦茶を出したのかな？」

「ああ…そうですね、昨夜、その点についても聞いてみました。話の間中、何も飲まなかったたし、テーブルの上にコップは確かになかったそうです。誉司さんは、栄三と二人で昨日午後、兄弟が発見されたテーブルの全く同じ所に座って話したようですね」

「ああ、それは面白いな。というのは、科捜研の報告以上の正確な情報が提供されたことになるんだからな。三番目のコップは、昨日朝九時四十五分に、佐々木が事務所を出た後に使われたことになるんだな」

「ええ、そうですね」

右手窓際の低い戸棚に置かれているサボテン鉢の間に、特大シャンパンがあった。森本はあごを撫でながら、それをじっと見た。昨年末、一緒に事件解決に尽くした際に佐々木から贈られた二本目のものだった。

「ああ、そうだな…こんな時、前にもらったシャンパンを飲んでみるのもいいな」

「大賛成です、警部」

6　自殺か他殺か

　森本警部は机の角に脚を上げ、椅子の背にもたれかかり、手を首の後ろに組んでいた。それが最もリラックスして考えられる姿勢である。鈴木刑事は執務室のテーブルにある急須からお茶を二杯入れて、一杯を森本の机に持ってきた。

「ありがとう」

　森本は早朝の淡いブルーの空を、窓越しに暫く眺めていた。その間、持ち込まれた様々な報告書から分かった情報をじっくり考えていた。それから湯飲みに手を伸ばし鈴木を見た。

「さて、どう思うかな？　我々は殺人事件を追っているのか、それとも心中か？　あるいは何か他のことが考えられるかな？」

　パソコンから向き直して、腕組みをした鈴木は、脚を組みながら森本に視線を戻した。

「ええ昨日午後、事務所で起きたことから、いろんな可能性が考えられますよ。現場の状況からはっきりした推論ができます。つまり二人はフェノトロキシンを混ぜた麦茶、多分氷の入った麦茶でしょうが、それを飲んで死んだのでしょうね。上着のポケットから見つかった二瓶のフェノトロキシンに間違いなさそうです。その上、それらの瓶は、事務所に積み上げられていた一番上の箱から取り出されたことも示唆していますね」

「全くその通りだな。しかし重要な問題は、健三と栄三は何を飲んでいるか知っていたかどうかだ。フェノトロキシンは味もにおいもないので、飲んでいることに気付かなかったんだろうな？」

「絶対にそうですよ。しかも二人とも備前焼の仕事をしていたんですもの、それが劇薬であることは当然知っていたと考えられます。ということは自分も、また誰か他人をも殺せると知っていたに違いありません」

「そうだな、そもそもラベルには警告も書かれているしな」

「そうです、それに昨日言いましたが、事務所は非常に対称的な状況となっていました。テーブルに相対して座っている兄弟二人の死体、その前にはフェノトロキシンの入った麦茶が半分残されていた二つのコップ、それぞれのポケットに入っていた二本の空瓶――。そのような一連の出来事から、様々な可能性を確かめていかなければなりませんが、自殺の可能性の検証から始めるのが自然のようですね」

森本はうなずいた。

「でも警部、もし自殺だとしたら、同時なのか順次なのかという疑問がありますね。多分、同時の方が可能性は高いでしょう。フェノトロキシンの瓶二本を箱から取り出してテーブルに着き、麦茶の入ったコップにそれを注いで空瓶を上着の前ポケットに入れ、最後にそれをコップ半分まで飲んだのでしょう。そうは言うものの、どちらかが自殺した後、もう一人が後を追ったということも考えられます」

「そうだな、兄弟のうち一人が、自分がやろうとしていることを、もう一人の方が正確に知っていたかどうか分からないままに、自殺したのかもしれないな」

「その通りです。言い換えれば、何が起きているのか、もう一人の方が気付かないうちに自殺を企てたのかもしれませんね。そして、自殺だと知ったもう一人の方も、同じように覚悟をして後を追ったのでしょう。これまでに起こった心中事件には様々なケースがあります。しかしどんな場合でも、一連の出来事の流れがどうであれ、心中の本質的な点は、飲んでいるものを当事者二人が正確に知っていたということですよ」

「その通りだ。もし昨日午後の出来事が心中だとしたら、犯人を探す必要はなくなるな。二人がどうしてそんなことをしたかという納得のいく説明、つまり動機さえ解明すればよいことになるのだが」

森本はあごをゆっくりと撫でながら、執務室の壁にかけられている北斎の木版画を見つめた。それは、桜の花の向こうに雪を頂いた富士山の見える春景色で、岡山ではもう始まっている桜の季節の心浮き立つ様子を描いたものである。

「ところで、鈴木刑事、次に考えられる可能性としては？」少し間を置いて森本は尋ねた。

「他殺と自殺の両方から、この事件を考えることも必要ですね。一人がもう一人を殺して、その後で自殺したとも考えられます。その場合、一人は何を飲んでいるのか知っており、他の一人は知らなかったのでしょうね」

「そうだ」

「多分、兄弟どちらかが、箱から二瓶のフェノトロキシンを取り出し、もう一人に気付かれないように飲み物に入れたのでしょう。犯人は殺したことを確かめるためにも、相手が先に飲むのを待っていたことは明らかですよ」

「犠牲者の上着のポケットにあった空瓶についてはどうかな？」

「そこが大事な点です。被害者が死んだ後、犯人が入れたものと思います。もちろん、犯人も自殺する前に自分のポケットに空瓶を同じように入れたのです。多分、心中に見せかけようとしたもので、殺人事件の事実を隠そうとしたのだと思います」

「ふーん…そうかもしれないな。健三と栄三という二人の兄弟のことを考えてみれば、恐らく名前が手掛かりになるのだろうか？　カインとアベルの話に当てはめて考えてみてはどうかな。これから類推すると、健三が栄三を殺したことになるんじゃないか？」

　鈴木は微笑んだ。

「分かりました。いずれメディアが、そのことを取り上げることもありそうですね。しかし実際には、全く対称的な証拠に基づいて、昨日の午後起こったことが、もし殺人と自殺であるという説明が正しいなら、兄弟どちらかが犯人で、もう一人は被害者ということになります」

「その通りだ。だが、もし殺害に使われたフェノトロキシンの二本の瓶が、その事務所にあった箱から持ち出されていたのなら、恐らく逆に、栄三が犯人で健三は被害者ということになる可能性が高いな」

「いいご指摘ですね。栄三は確かに事務所にフェノトロキシンがあることを知っており、どこにあるかも分かっていたでしょう。それに自分の事務所ということで、健三より栄三の方が飲み物を準備する立場にあったことは明らかですね。結局、栄三の指紋はどちらのコップにもあったことを思い出してください。しかしこれに対し、健三も弟の事務所にフェノトロキシンの備えがあることはよく知っていたでしょう。栄三に気付かれずにその箱を探して、二つの瓶を持ち出すことはたやすくできます。たとえ麦茶を二つのコップについだのが栄三だとしても、健三にとってどの時点かで、密かに栄三のコップに毒を入れるチャンスはあったでしょうね」

　森本はうなずいた。

「ところで、もし一人が自殺する前にもう一人を殺した、というのがこの事件の真相だとしたら、いまだに犯人を突き止めていないわけだ。何が起きたのか正確に立証するのはかなり難しそうだ、全く不可能ではないにしてもな」

「ええ、そうでしょうね」

「とにかく、我々は二つの筋書きを議論してきた。それに当然、二つの中毒死が偶発的に起きたという考えは除外できそうだな。そうすると次は？」

「もしも心中でなく、一人の殺人ともう一人の自殺でもないとしたら、残る選択肢としては、兄弟二人とも殺されたということだけです。その場合、どちらも何を飲んでいるか全く知らなかったことになります。そうだとしたら、少なくとも、もう一人の人物が昨日午後、兄弟と一緒に事務所にいたに違いありません」

「そうだ、それにテーブルの上にあった三番目のコップは、三人目の人物がいたことに符合するな。少なくとも、佐々木が帰った朝九時四十五分から、遠藤が訪れる午後三時五十五分までの間、事務所に誰か他の人物が来たことを暗示しているな」

「その通りですよ、警部。佐々木さんが出て行った後、栄三が朝、一人で飲んだものと、午後に健三と一緒に飲んだものと違う別のコップを使っていなければの話ですが。二人が一緒に事務所に居た三人目の人物に殺されたとしたら、犯人は箱からフェノトロキシンの瓶二本を取り出し、どちらにも気付かれずに二人の飲み物に注いだに違いありません。健三と栄三が死んだ後、犯人はそのまま空瓶を兄弟それぞれの上着のポケットに入れて、心中を装ったのでしょう」

「そうだろうな。その上、犯人はフェノトロキシンの毒性に精通しており、しかも栄三の事務所の保管場所も知っていたに違いないな」

「そうですね、犯人はきっと陶芸業界に関係ある人物でしょう。また以前、栄三の事務所に来たことがあって、何がどこにあるかよく知っていた可能性がありますね」

森本はゆっくりとうなずき、再び自分のあごを撫でた。

「その通りだ、鈴木刑事。実際、二人が殺されたとしたなら、全く同時に飲み始めたと推論できそうだな。もしどちらかが先に飲んだなら、すぐに倒れて死んでしまうので、もう一人は自分の飲み物に何か危険を感じ警戒しただろうからな」

「そうですよ。二人はテーブルに向かい合って座り、コップを持ち上げて同時に飲んだに違いありませんね。乾杯するためにコップを合わせたのでしょうか。もしかしたら、犯人も三番目のコップを持って乾杯に加わったのかもしれませんね」

「そうだ、非常にうまい解釈だ。もし、そうして二人が殺されたとしたら、犯人を突き止めなければならないな。だが、純粋に理論的見地からすると、三人目の人物が関与しなくても、昨日午後、事務所で二人を殺すことは可能じゃないかな?」

　鈴木は暫く考え、それから満足げに微笑んだ。

「あー、それは巧妙な方法です。兄弟二人がそれぞれ殺人者である可能性を言われているのでしょう。その筋書きとは、もし健三が栄三を殺したとしたら、栄三も同時に同じ方法で健三を殺したということですね。そうだとしたら、二人ともそれぞれの計画に夢中になってしまい、相手もよからぬことを企んでいたことに、どちらも気付かなかったのでしょうね」

　森本はうなずいた。

「全く不可能な筋書きというわけではないのだろうが…。互いにフェノトロキシン一瓶を持ち、密かに相手の飲み物に注ぎ、その空瓶を自分の上着のポケットに入れたんだろう。二人はテーブルに向かい合って座り、互いにコップを持ち上げて半分飲んでコップを置き、相手が死ぬのを待ったのだ。その結果、両方が死ぬことになった。二人のうちどちらかが、この皮肉な状況に気付く時間があったのかな?」

「なるほど…かなりこっけいな要素といえますね、警部。でも、その二本の瓶が、事務所にあった一部なくなっている箱の中から持ち出されたものだとしたら、二人が互いに気付かれずに相手の飲み物に入れただけでなく、箱の中から取り出すこともしなければならなかったんですね」

「そうだ、そんなことをあれこれ考えてみると、討議してきた筋書きの中では最も現実味のないものだ。それなりのユニークな面白さはあるとしてもだ」

7　第三の人物

森本警部は、鈴木刑事と議論を楽しみながらも、長沢為葦の孫二人の死について、隠されている真相への分析が着実に進んでいることを実感していた。

「いずれにしても、鈴木刑事、昨日の午後起こった出来事は、心中から二人の殺人まで、様々な筋書きが考えられるな。その中でどれが最も可能性が高いかを割り出すことが、今の我々の仕事だ。ところで二つのガラス瓶について県警科学捜査研究所の報告は？　指紋はどうだったのかな？」

「ええ、調べた結果、何も出なかったようですね」

鈴木は机からフォルダーを取り上げ、その何ページかをめくって調べた。

「ここにありますね。フェノトロキシンの痕跡のある瓶の金属製のふたは、開けた後ねじって閉められていましたが、指紋は出なかったようです」

「そうか、それは我々が考えた筋書きに、どんな意味合いをもたらすのかな？」

「思うのですが、警部、どうも心中の可能性は低いようですね。どのみち、兄弟二人がテーブルに一緒に座って、毒を自分のコップに入れたとしたら、瓶に指紋が残るのが当然でしょう。空にして上着のポケットに入れた瓶に、指紋を残さないようにする理由があるとは思えませんね」

「そうだ、その通りだ。しかし二人を殺した三番目の人物がいたとなれば、恐らく大変注意深く瓶の指紋を消してから、兄弟二人のポケットに入れただろう、そうじゃないかな？」

「そうでしょうね。健三と栄三が事務所にいる限り、犯人は手袋をはめて瓶を扱うわけにはいかなかったはずです。みんなで座って飲み物を飲んでいるときに、手袋をしていたらきっと変に思われますものね。

ですから事務所を出る際、瓶の指紋を注意深く拭き取ったに違いありません。また三番目のコップ、もし実際に使っていたとしたらですが、この指紋も拭ったでしょう。科捜研の報告では、このコップからも検出されていませんから」

森本は立ち上がって、鈴木の湯飲みに急須からお茶を注いだ。自分の湯飲みにも注ぎ足した後、机の角に脚を投げ出すという、考えにふける際にするお気に入りの姿勢を再びとった。

「ところで話は変わるが、兄弟が昨日どのようにして事務所に入ったかという疑問について、もう少し追究しなければならないな。栄三に関する限り、疑問な点があるようには見えない。というのは、自分の鍵を持っているのだからな」

「その通りです、警部。誉司さんは昨日朝、栄三と事務所で会ったとき、他に誰も居なかったと話していました。それが事務所に入るのに、自分の鍵を使った証拠ですよ」

「それでは健三はどうだろう？　栄三が事務所に入れたのかな？」

「はっきりと説明できそうです。健三は自分で鍵を持っていなかったでしょう、もちろん、何か不審なことを企んでいない限り。とにかく、キーホルダーには栄三の事務所の鍵はついていませんでした。遠藤は昨日、事務所に訪問者があるということは聞いていなかったので、他の者が健三を事務所に入れたとはまず考えられません。しかし栄三が既にそこに居たときに、健三が来たのかもしれません。それとも、栄三は佐々木さんに会った後に事務所を出て行き、後で兄と一緒に帰ってきたのでしょうか。また遠藤によると、兄弟はとても話をするような仲でなかったということも、心に留めておかなければなりませんね」

「そうだ、全くその通りだ。兄弟二人の確執を無視すべきではないな。考えてみると、それは心中の筋書きに反するように思えるんだがな？　心中は通常、親友や恋人と行うもので、競争相手や敵と一緒にするようなものではないのだが」

「いいご指摘ですね。でも遠藤は兄弟間に和解のきっかけがあったのかもしれないと話していました。だから誰にも分かりませんよね？」

「なるほど…悲しいことだな？　心中を決意し、全てが終わる直前になっての和解とはな」

森本は窓の向こうの空に漂っている離れ雲を見つめ、この難しい状況について暫く黙って思案した。

「とにかく…」　やがて彼はそう言って鈴木を振り向き、「事務所のテーブルにあった三番目のコップが、事件の真相を解明するカギになるようだな。差し当たり、第三の人物によってそのコップが使われたと想像してみよう。我々があらましを描いた筋書きに、それは何を暗示しているのだろうか？」


「ええ、第三の人物は、恐らく栄三が事務所に招き入れたのでしょう。でも健三がその時、一緒にそこに居たかどうか断定できません。その人物は、健三が来る前に出ていったかもしれませんし、あるいは健三と一緒に来たのかも。それとも既に栄三と健三が事務所に居た後から到着したのかもしれません。とにかく彼らの内の三人が、飲み物を前にして、ある時点で一緒にテーブルに座っていたという可能性があるかどうかというのが問題ですね」

「第三の人物が、兄弟と一緒に飲み物を飲んだとしたら、二人の死を当然目撃したことになるんだ」

「全くその通りです。でも、そのことは討議してきた様々な筋書きと、必ずしも矛盾するものではないでしょう」

「ああ、そうだと思う。しかし兄弟の死が心中だったとしたら、第三の人物はすべてを知っていたことになるな」

「それは最もありそうな解釈でしょうね。だが、もし事実、殺人と自殺だったとしたら、第三の人物が犯人の意図に完全に気付いていたかどうかはっきりしません。もし殺人に気付いていたなら、その人物は共犯ということになるでしょう」

「その通りだな。そうならその犯人を見つけ出し、法の裁きを受けさせなければならないな」

鈴木はうなずいた。

「もちろん第三の人物が、兄弟二人と飲み物を前にして座っていたなら、それにフェノトロキシンを密かに混ぜて殺したことも考えられますよ」

「そうだ、その場合も、まだ捕まってない犯人がいることになり、追い詰めて逮捕しなければならない」

「その通りですよ」

「そうなら、この第三の人物は多分、兄弟のうちのどちらかとは知り合いだったと推論して捜査を進めていけそうだな、鈴木刑事?」

「ええ、九分九厘そうでしょう、特に何かを飲みながら一緒に居たとするのなら。でもひょっとして面識のない人が事務所に立ち寄って、飲み物をすすめられることになったのかもしれません。いずれにしても最もありそうな解釈としては、兄弟どちらかはきっとこの人物を知っていたはずです。もしかして、栄三が連れてきたのか、あるいは健三と一緒に来たのかも、それともその人物だけで来たのかもしれませんね」

「もし一人で来たのなら、それは予想外のことだったのか、それとも兄弟どちらかが来ると知っていたのだろうか、どう思うかな? もしひょっこりやってきたのなら、その人物は事務所に他の人が居ることを知っていたのかな? 遠藤によると、事務所はそれほど使われてはいなかったようだ。栄三が居ないことが多いのに、誰かがたまたま立ち寄るようなことはあまりなさそうだが?」

「ええ、そうだと思います。でも事務所まで、兄弟どちらかについて来たとも考えられますね」

「うーん…そうかもしれないな。もしこの第三の人物が二人の死の目撃者だとするなら、ここが重大な問題だが—どうして、そのまま立ち去ってしまったのか？　なぜ救急車を呼ばなかったのだろうか？」

「ええ、そうですね。何か二人の死に関係しているか、もしそうでなかったとしても、事件にかかわり合うことを恐れていたことを暗示しているようですね。たとえ、兄弟の心中だったと気付いていたとしても、内情に通じていることを誰にも知られたくなかったのかもしれませんね」

「ああそうだろうな。遠藤はどうかな？　説明では、事務所に入って二人の死体を発見したということだが、実際には二人の死を目撃していたと思わないかな？」

「その可能性も無視できませんね。立証できるかどうか、供述を詳しく調べる必要があります。昨日午後、本当に予約通りに行ったかどうか、かかっている歯科医に当たってみましょう。本当かどうかを確かめることは、そんなに難しくはないはずです。いずれにせよ昨日、遠藤が述べた行動日程によりますと、事務所に着いたときには、まだ兄弟は生きていたとも考えられますね。というのは、緒方先生の報告では、死亡推定時刻は三時五十五分までで、遠藤が救急車を呼んだ時間とぴったり合います」

「まさにその通りだ、鈴木刑事。兄弟が生きているときに、事務所で一緒に飲み物を持って座っていた第三の人物が本当に居たなら、遠藤は確かにその最有力候補としてあがってくるな」

「明らかにそうですね、警部」

8　兄弟の確執

　森本警部と鈴木刑事が討議を終えるとすぐに、執務室のドアが強くノックされ、熱いコーヒーの入った大きなコップを持った山田巡査部長が現れた。夜を徹して行った栄三の事務所の捜索にもかかわらず、にこにこ顔でとても敏活そうだった。

「おはようございます、警部。昨晩の本部長の記者会見をテレビで見られましたか?」

「ああ、おはよう、巡査部長。家で見ていたよ。本部長は大変うまく対処されていたと思ったが」

「はい、見事なものでした。本当にうまくやっておられました。ところで、法律事務所の板東さんから電話です、おつなぎしましょうか?」

「板東? 岡山セントラル病院の事件を扱ったあの弁護士かな、鈴木刑事?」

「そうですね、警部。病院の事務長の秋川夫人が思い出されます。昨年暮れに起こったダイヤのペンダント事件の捜査では、よく会っていましたね」

「ふーん…秋川夫人が患者のダイヤの宝石をなくしたという板東弁護士からの電話でなければよいのだが。たとえ、再び病院に会いに行かなければならなくなったとしても、そう温かくは迎えてくれそうにないからな。我々が病院をうろつくだけで、患者の容体に影響すると思っていたようだった。それに今のところ手いっぱいだ。まあとにかく、巡査部長、電話をつないでくれないか」

　森本は電話を取り上げ、板東とつながるのを待った。

「おはようございます、森本警部ですか?」

「そうです。これは板東さん、おはようございます。何かご用でしょうか?」

「ええ、端的に申しますと、このたび大変不幸にして起きた、長沢為葦先生のお孫さんに関する事件捜査を担当しておいでですね」

板東は知的な声で言った。決して弱々しい物言いでもなく、一言一言が明瞭で几帳面に述べられてはいたが、その言葉は少しばかり沈んでいた。

「そうですが」

「実はそのことでお知らせしておきたいことがあるのです。私は過去二十年間、為葦先生の法律顧問の栄を担っていましたが、今年初めの大変悲しいご逝去に続く事後処理の責任も負っています。それでご相談したい重要な用件がありますので、今朝ぜひともお会いしたいのですが、電話ではちょっと…」

「分かりました、板東さん。ぜひお会いしましょう。あなたの事務所に行きましょうか、多分それが一番いいでしょう」

「そうしていただければ助かります。私の事務所はお分かりだと思いますが?」

「ええ、分かります。病院から通りを少し行った高いビルですね?」

「はい、そうです」

「お差し支えなければ、これからすぐにでも、うかがいたいと思いますが?」

「ありがとうございます、願ってもないことです。お待ちしています。では後ほど」

「それでは」

森本は電話を置いた。

「さて、鈴木刑事、どうも面白いことになりそうだ。行ってみようじゃないか、板東弁護士がどんなことを教えてくれるのだろうか? 見当がつかないが、きっと事件解明に役立つものになるかもしれないな?」

「そう願いたいものですね」

エレベーターに乗ったとき、ふいに森本は難しい顔をして頭をかいた。

「考えてみれば、路面電車を使わない方がいいようだな。ビルの表から真っ直ぐに歩いて出たら、テレビカメラやリポーターにつかまりそうだ。ここは慎重に裏からそっと出て、巡査部長に車で送ってもらうのがよさそうだな」

森本と鈴木が豪華な事務所に案内されると、板東は椅子から立ち上がり、二人とあいさつを交わした。まるで一週間かそこらしか使われていないような明るい黄色のカーペットと、見事に調和しているダークレッドの革製の家具が置かれたその部屋の装飾に、鈴木はすぐさま目をひかれた。部屋は、真ちゅうの取っ手がずらりと並んで光っている引き出しのある大型のマホガニー製の机で占められていた。壁の埋め込み式の書棚には、革表紙で金箔が施された法律ジャーナルや訴訟手続記録などの表題の膨大な書籍でいっぱいだった。他の壁面には古地図の収集品と一緒に、見事な書が掛けられていた。

森本と鈴木は板東の机の前に置かれている二つの肘掛け椅子に座った。若い女性が入ってきて、椅子の間にある黒光りしている小さな木製テーブルに、コーヒーセットを置き、二つの上品な磁器製のカップに濃いコーヒーを注いだ。その後、同様のコーヒーセットを板東のテーブルにも置いた。鈴木は二つのコーヒーセットにしばし見とれて、それから自分のカップにたっぷりとクリームを加え、重量感のある銀製のスプーンでゆっくりとかき混ぜた。

板東は背が高く、体格は長距離ランナーのチャンピオンというより、むしろ県警の柔道の第一人者である山田の均整のとれた体つきに近かった。豊かな黒い髪の毛に、髭はきれいにそられており、年齢は五十そこそこと想像された。あつらえの高そうなダークグレーのスーツにベストを着て、その左のポケットに重そうな金時計の鎖を下げていた。

「このようなぶしつけなお願いに応じてくださり、ありがとうございます」板東は歯切れよく明瞭に言った。「長沢為葦先生のお孫さん二人の突然の死で、国中に大きな衝撃が走りました。私にとっても悲痛です。電話でお話ししたように、先生の後半生を通じて法律問題すべてをお手伝いする栄誉と恩恵を受けていたからです。先生は大変偉大な方で、親しく知り合える機会が持てて非常に幸運だったと考えています。もしまだ生きていらして、つい最近起こったこの悲劇を目の当たりにされたらどんなに嘆かれたことでしょう。二人の死を見ることがなかったのは幸いだったのでしょうね」

森本と鈴木は共感してうなずいた。

「とにかく、警部、お話ししなければならないことを十分理解していただくために、お差し支えなければ時間をいただいて、備前焼の技法などの説明からしたいのです。お二人がどのくらい備前焼に精通していらっしゃるのか存じませんが、私自身、多大な興味を持ち続けてきました。実際、ここ数年間、備前焼物美術館の理事を務めていることは無上の喜びです。ご存じですか？　その美術館は、備前の伊部駅のすぐそばにあります」

森本と鈴木は再びうなずいた。

「お二人ともきっとよくお分かりでしょうが、備前焼は、千年をはるかにさかのぼって、この地方に伝わっている伝統的な焼き物です。その間、たくさんある窯から上っている煙は、一日たりとも絶えることはなかったといわれています。その主な理由の一つは、この地方の田圃の下から大変良質の粘土が取れるからです――これほどよい粘土は国中どこを探してもありません。この粘土には豊富な有機含有物があり、大変高濃度の鉄分が含まれているのです。備前焼の重要な点は、すべての作品が個々に手作りされており、二つとして同じものがないということです。釉薬も絵付けも一切ありません。表面のユニークな色合いは、窯の焼成の具合によるものです。それは作家が好んで言うところの、炎による〝幸運な偶然〟の出来事で、ある程度、それは全く無作為の過程だといえます。もちろん、技術や経験が決して無視できない非常に重要な役割を持つのですがね」

「例えば、私がこの事務所で持っているこれらの作品を例にとってみましょう」

板東は席を立ち、事務所後方の壁際にある木製の低い書類整理棚の上に並べられている備前焼に歩み寄った。

「これらはすべて、偉大な作家である為葦先生の作品です。長年自慢にしており、最も大事にしてきたものです。ちょっと見てください。強調されている暗赤褐色は、二週間くらい窯の火を焚き続けた後に、粘土が生み出す基本の色合いです。それにしても、この徳利の美しい青と灰色の色調を見てください。全く見事なものじゃないですか。本当に素晴らしい、そう思いませんか」

板東は注意深く徳利を持ち上げ、森本と鈴木が鑑賞できるように差し出した。

「底部分の周囲の色は、窯の底の灰に覆われてできたものです。技術的には、窯内の温度や空気の通り具合なども関係しています。この種の作品は、ほとんどが窯の一番底の部分に置かれるので、非常な高温にさらされて大方が割れてしまうことになるので、制作するのがとても難しいのです。しかし、この徳利を見てください。自然の温もりと優しさが感じられるでしょう? ちなみにもう一つ付け加えておきたいのですが、日本酒の目利きにも、備前焼に入れた酒は他のどんな陶器類よりも香りがよいと保証されており、専門家の間では優れた保存容器として知られています」

板東はその徳利をそっと整理棚の上に戻し、別の焼き物を選び出した。

「次はこの茶碗です」彼は隠しようのない興奮と情熱を込めて言った。「ここにオレンジ色と赤い筋が見えるでしょう？　窯入れの際、あらかじめ藁に包んでおいたものです。為葦先生は茶碗の周りに藁を巻く方法で、このような素晴らしい色合いを作り出されました。見事ではありませんか？　このような形と色調は、茶道をたしなむ人達に大変人気があります」

板東は茶碗を置き、その他の作品を誇らしげに見回した。

「あの皿の小さな赤い斑点を見てください。見えるでしょう？　先生が皿のその場所に小さな粘土のかけらを置いていたためにできた模様です。その部分だけが、通常の火熱による変化を妨げたからです」

「まあ」鈴木はつぶやいた。「何とすてきでしょう。そんな素晴らしい効果を生むのですね」

「ええ、そうなんですよ」

板東は席に戻った。

「そこで、お分かりでしょうが…」コーヒーを飲みながら続けた。「備前焼の製造過程にかかわる数え切れないほどの様々な変化要因があります。そしてそれらが、作品の最終の出来栄えに重要な影響をもたらすことを、十分理解することが大切なのです。例えば粘土は、今も話しましたが、基本的な材料で田圃の底からとったものです。しかしそんなに単純なものではありません。他の違う粘土とも、混ぜ合わせなければなりません。ではどれと混ぜるのでしょうか？　しかもどのくらいの割合で？　また作品に仕上げる前に、その混ぜた粘土をどのくらいの期間、乾かせばよいのでしょうか？　これらも備前焼作家が、考えなければならない土についての問題のうちの、ほんの一部なのです」

「作家が粘土から作品を形作った後、次の問題は、その作品をどんな方法で、どのように窯の中に並べるかです。窯の準備には、際限のない技術と経験が必要で、特に窯の中の位置取りには特別の注意を払わなければならないのです。窯のどの場所に置けばよいのか？　どのくらいの高さに？　あるいはどのくらいの低さに？　どのくらい近づけて置くのか？　どんなものを隣に並べるのか？　すべての事柄が重要です。例えば、ある作品が他の大きな作品で部分的に遮られたとしますと、二つの異なったタイプの彩色と模様が現れてくる可能性があります。窯の中の最も熱いところの作品は、割木の灰が表面に付着してそれが溶け始めると独特の風合いを出すでしょう」

板東は磁器製のコーヒーカップを持ち上げて、もう一口飲んだ。

「それだけでなく、いったん窯に火が入ったなら非常に周到な目配りをしなければなりません。よく乾いた赤松で窯を焚くのは、最高級の灰ができるからです。火の入っている間、二週間以上にわたって細心の注意を払って温度を見守ります。最適な窯変の効果を出すためには、日々の火の加減が重要なのです。窯焚き期間の終わりごろ、頻繁に木炭を燃やします。それがまた作品に有益な効果をもたらします。ですから、お伝えしたいことは、大変に秀でた作品の制作を望むなら、絶対に不可欠な技術と経験を身に付けることとです。言うまでもなく、偶然の巡り合わせという要素もまた常に必要なのですが」

「分かりますよ」森本は答えた。「とても興味深い話です。長沢さんはきっと備前焼について、その奥に隠されている技術や秘訣を他の誰よりもはるかによく理解していらしたに違いないと思います」

「ええ、その通りです、警部。もし生前それを尋ねたら、先生は晩年になってもまだその技術習熟に努めていると喜んで認められたでしょう。実際、死ぬ直前まで新たなものを求め続けられていたと思います。歴代の名作家の家柄で、技術も知識も何代にわたって積み重ねられ、先人から次の世代へと受け継がれてきています。お分かりでしょうが、それで先生は生涯を通して制作してきた最高傑作の頂点を極めることができました。その技術や手法は当然、厳しく秘密として守られてきました。このことが、今朝、私達が話し合った主要な問題につながってくるのです」

板東は暫く間合いをおき、ブラックコーヒーをさらに一口飲んだ。

「為葦先生には子供さん―娘さんですが、一人いらっしゃいます。言い添えておきますが、本当に素晴らしい方です。私は彼女の法律問題を扱う権限も許されています。娘さんは実業家と結婚されました。健三さんと栄三さんの父親ですが、二人がまだ小さいときに亡くなられており、私自身、彼を知りません。とにかく先生は、二人のお孫さんは生涯の誇りと喜びだといつもおっしゃっており、いつか二人が備前焼の仕事を一緒にする姿を見ることをとても楽しみにされていました」

「その後、亡くなるまでに、この事務所で為葦先生とその思いを何度も話し合いました。概して言えば、先生は自分の死後、財産をどのように分けるかということには特別な関心をお持ちではありませんでした。ご推測の通り、娘さんがほとんどすべて相続されました。打ち明けたところ、先生は亡くなられるまでにかなりの財産を蓄えられていました。しかし何よりも偉大な宝は備前焼を作るその知識に他なりませんし、経験であり技術です。それは祖先から受け継がれたものであり、それに自分でたくさん改良を加えられたのです。その知識を二人のお孫さんに伝えることが、先生の悲願でした」

「ですから、お孫さんの確執にはひどく失望されていました。健三さんと栄三さんの二人は一緒に仲良くやっていくことができず、ちょっとしたことでいつも争っていました。何か父親のことも関係あるのでしょうか？　誰にも分かりませんがね？　それとも生まれながらの対抗意識があるのでしょうか、年齢も離れていませんしね。祖父と張り合わなければならないという気持ちが、自然の衝動となったということも考えられます。人間国宝である有名な長沢為葦先生の孫ということで、四六時中、注目されることは重圧だったのでしょう。問題の根幹が何なのか全く分かりませんが…」

「およそ三年前、健三さんと栄三さんは別々に備前焼の窯元を興し、互いに競い始めました。その時、警部、先生は非常に落胆されました。夢が完全に閉ざされてしまったと感じ、その苦悩と失意はただごとでなかったのを今でもまざまざと思い出します。その時点で、多くのものを失ってしまったと感じられたのですね。結局、これらの状況が、いささか変わった一連の事件につながっていくことになったのです。それをこれからお話ししようと思います」

9　孫への遺言

森本警部と鈴木刑事は快適な肘掛け椅子に腰を下ろし、板東の備前焼制作の説明や偉大な長沢為葦との関係についての話に聞き入っていた。その朝の板東との話し合いの背景にある目的が、今やはっきりとしてきていた。それは長沢為葦がその貴重な知識を、健三と栄三の二人の孫に伝えるためにとった方策と結びついていた。前日の午後、二人の遺体を発見したときの周りの状況と、どんなつながりがあるのかと思いをめぐらせた。

板東が鋭い知性の持ち主であり、しかも考えに明瞭性があることが、法曹界で成功と地位を収めた大きな要因に違いないと、森本にはよく分かっていた。問題の核心をずばり突く能力があり、気をそらす多くのささいなことには惑わされず、本質的な問題の思索に意識を集中させることができた。それに、あいまいではっきりしない問題を整理して重要なことを見極めると同時に、その他の矛盾するあらゆる点を探り出すことにも、板東は長けていた。

森本は、板東の十分な才能をよくよく考えるにつけ、恐らく有能な弁護士に必要とされる資質は、有能な捜査官のそれと違いがないという思いが浮かんだ。板東と森本は、気質と知性の両面においても共通点があったのだ。それは秩序と正義のために、二人とも奮闘していることによるものだろうか？　板東を見るにつけ、森本には様々な点で自分自身の鏡像を見るようだった――それは日々のありきたりの仕事に失望し不満を抱く者であり、同時に折々に起こるやりがいのある難題に挑むことを生きがいにしている者でもあるようだった。二人のこれまでの人生で、もし何らかの事情が少しだけ違っていたなら、今の互いの役割は簡単に入れ替わっていたかもしれない。つまり板東が捜査官で、森本が弁護士を務めるのである。

「これまで数年間、為葦先生にお会いしたときには…」板東は続けた。「ほとんどいつでも、備前焼についての自分の貴重な知識を、どのようにして二人の孫に伝えるべきかという話題を持ち出されていました。ある時、備前焼の制作について、お知りになっているとすべてを書き記した書物を見せてくださいました。その内容は、粘土の混ぜ具合、乾燥時間、窯内の置き場所、窯入れ時に巻く材料、温度など、先代から受け継いだり自分の長い経験を通じて会得されたりした秘訣や技術のすべてでした。それはお金では購えない貴重な知識—莫大な価値のある我が国の焼き物の伝承についてのものでした。しかしその書物の扱いについて、先生ご自身が厄介なジレンマに陥っておられました。どちらか一人の孫だけに与えたくもないし、だからといって別のもう一人にというわけにもいきません。でもやはり、いがみ合っている二人に譲ろうという気にはとてもなれなかったのです」

「それはそうと昨年初めのことでしたが、先生が事務所に書類かばんを持って現れ、あなた方の前にあるこの机の上に置かれました。秘伝の知識が詰まっている書物—以前私に見せてくれましたが、それがその中にあると言われました。かばんをロックし、その鍵を私に預けて事務所の金庫に保管するようにと依頼されました。それから二人でメトロポリタン・トラスト銀行まで行き、持ってこられていた封筒と一緒に、そのかばんを貸金庫に預けられたのです。私以外は誰も近づくことを許さず、私でさえ先生ご自身が亡くなるまでは決してかばんと封筒を持ち出すことがないようにと、銀行の責任者に説明されていました。銀行を出てから二度とその話はされませんでした」

「一月の雪の降る日の朝、岡山の寺で行われた先生の葬儀を恐らく覚えておられるでしょう。葬儀に出席した後、私はすぐにメトロポリタン・トラスト銀行に行って、そこの責任者立ち合いの下で貸金庫を開け、指示が書かれた封筒と一緒にあったかばんを事務所に持ち帰りました。かばんの鍵は、ここの金庫に確かにまだ保管しています。とにかく封筒の表に書かれていた指示の内容は、健三さんと栄三さんの面前で開けて、かばんの取り扱いについて説明している同封の手紙を読み上げることでした」

板東は間を置いて、さらにコーヒーを飲んだ。

「翌朝、私がしたことを申し上げましょう、警部。先生の娘さんが遺言を読むため、二人の息子さんや近親者と一緒にここに来られました。その遺言は廊下を少し入った書斎に保管していました。もちろん、私は内容についてよく分かっていました。それは財産分与と、備前焼の窯元に関する今後の計画が書いてありました。数年前から先生と一緒に詳細について考えていたのです。何も意外なことはありませんでしたし、それほど時間はかかりませんでした」

「しかし、皆さんがされるように、健三さんと栄三さんへの内密の伝言がありました。それをここに持ってきました。二人は、あなた方が居るその椅子に座りました。私はどちらともよくは知りませんでした。というのは、個人的にはそれまで関係はありませんでした。分かる限りでは、なぜ私と会う必要があったのか二人は知っていませんでした。とにかく書物の入った先生のかばんを取り出し机の中央に置きました。それには二人に手渡すようにと、指示する手紙が入っていると予想していました。そこで封筒を開けますと、中に私にあてた小さな封筒と一緒に、兄弟に読んで聞かせる手紙があったのです」

「まあ率直に言いますと、警部、手紙は私達三人にとって、全く驚きの内容と言わざるを得ません。実際、今ここで読み上げることは、いとも簡単なことなのですが」
　板東は上着のポケットから大きな鍵束を取り出し、引き出しの鍵を開けた。薄いプラスチックの緑色のフォルダーを取り出し、しっかりと結んであるひもを注意深くほどいて、厚手の紙に書かれた手紙を持った。森本と鈴木の二人が固唾を飲んで見守る中、板東はゆっくりと開いて読み始めた。

　愛する孫の健三と栄三へ
　この手紙が読まれる時には、私はこの世にいないはずだ。しかし生前、何にも代えがたい深い親愛の情を、お前達二人に抱いていたことをはっきり言わせてもらいたい。お前達に我が家の奥義を伝えることが、ずっと望んできた私の願いである。我が家に伝わる技術と手法で立派な備前焼を制作し、豊かな実りある生活を享受してもらいたい。私の父やそれ以前の長沢家代々の備前焼作家に受け継がれた知識を生かし、私も自分なりに様々な技術を磨いてきた。私の存命中に与えられたと同じような喜びを、この知識が二人にも与えてくれるよう望んでいる。お前達の代になっても、この知識に自らの手で発見と改良を加えることができるよう願う。それを次の世代に伝えてほしい。
　すべてのことを一冊の書物に書き残した。それはこの手紙と一緒にかばんの中にある。書物は二人が利用し、分かち合うものである。ただそれを使うには一つだけ条件がある。つまり、二人がいがみ合いをやめて仲良く仕事をすることである。もし私の死から三ヵ月以内に和解ができたなら、かばんはお前達にやろう。だが警告しておくが、必ず本心からの真の和解でなくてはならない。心底からの和解ができないなら、この書物を得ようとするお前達の試みは失敗するだろう。二人とも我が家の奥義を得ることは永遠にできないことになる。

二人が本当に幸せで、実り多い生活を送れるよう強く望みながら、私は去っていく。もう一度、最愛の二人へ。

お前達の祖父、長沢為葦

板東は注意深く手紙をたたんでフォルダーに戻し、机の向かいにいる森本と鈴木に目を向けた。部屋は暫く沈黙の時が流れ、その間、二人の心に手紙の内容の意味がじっくりと染み込んだ。森本は三ヵ月前の葬儀で見た柩の中の長沢為葦の顔を思い起こした。その死に顔に隠されていたものが何だったのか、この手紙で説明することができるのか？　これが長沢のいたずらっぽい微笑の裏に隠された理由だったのか？

「手紙に対して二人の兄弟の反応は？」森本は静かに聞いた。

「まあそうですね、確かにショックでした…驚きもしましたし、うろたえ、困惑もしていました。二人ともいろいろな感情が様々に入り交じっているようでしたが、私に対しても二人の間ででも、あまり語らなかったように思いますね。間もなく立ち上がって二人とも出て行きました。私に関する限り、それが最後でした。二日前まで一切何も言ってきませんでした」

「ということは、二日前に二人から連絡があったんですね、火曜日ですか？」

「その通りです。詳しく言いますと、健三さんから火曜日午後に電話があったのです。仲直りして、かばんを受け取ることにしたという報告でした」

「長沢さんの死からまだ三ヵ月たっていなかったのですね？」

「そうです、警部、辛うじて指定した期限内でした。一月初めに亡くなられましたが、健三さんから火曜日に電話があったのは三ヵ月の期限まで、余すところ十日ほどでした。ですから、昨日朝十時にここに来るようにと、健三さんと栄三さんの二人に手配したのです」

「分かりました。二人が死ぬほんの数時間前ですね」

「その通りです。兄弟二人にあてた手紙と一緒に、大きな封筒の中にあった私あての小さな封筒についても説明しなければなりません。それには二人がかばんを要求してきたとき、どのようにして渡すかという指示を記した先生からのメモがありました。これも今ここで読んでみましょう」

板東は、緑色のフォルダーをもう一度開いて、もっと小さな紙を取り出して読み始めた。


このかばんを孫達に渡すことについて、板東氏に次のように指示する。
一、私の死後三ヵ月の期限内に、健三と栄三が要求したならかばんを渡してもよい。
二、かばんを渡す時には、健三と栄三の二人とも居なければならない。
三、かばんは部屋のテーブルに水平に置くこと。
四、健三と栄三は二人だけで、かばんの鍵を受け取り、休日ではない平日の朝十時にその部屋に入らなければならない。
五、健三と栄三は自由に部屋を出入りしてもよいが、それ以外は誰も入れてはならない。
(注)もし健三と栄三が三ヵ月の期限内にかばんを要求しなかったり、指示に従わなかったりした場合には、かばんと中身すべては二度と修復できないように完全に破壊される。

板東はそれをフォルダーに戻し、しっかりと閉じて机の引き出しに入れ鍵を掛けた。

「何ということを」森本はつぶやいた。「どう思うかな、鈴木刑事？」

「うーん…本当に謎めいた話です、警部。全く不可解ですね、実に」

10　奇妙な指示

長沢為葦が二人の孫へ残した手紙の意味と、二人が受け取ることになっているかばんを渡す際の奇妙な指示について、森本警部と鈴木刑事が思案している間、板東法律事務所に暫く沈黙の時間があった。

たまりかねて肩をすくめ、板東は話し始めた。

「とにかく警部、これが昨日朝、私がしたことです。もちろん手紙の通りにしました。指示にあった秘密性にも配慮して書斎を使い、為葦先生のかばんをテーブルに水平に置き、金庫から鍵を出して健三さんと栄三さんに渡しました。二人は十時丁度に書斎に入りました。他の誰も決して立ち入ってはならないと念を押しました」

「なるほど」森本は言った。「二人はどのくらいの時間居ましたか？　いつごろ出ていきましたか？」

「そうですね、健三さんは十分後くらいに出ていきました。しかし栄三さんはもっと長く――正午を過ぎて十五分か二十分ごろまで居ました。出ていくとき、栄三さんはかばんを一緒に持って出ました。二人を見たのはそれが最後でした」

森本はあごを撫でた。

「大変興味深いことです、板東さん。詳しく話していただき、本当に感謝いたします」

「遺言の執行に関して、二人のプライバシーと秘密を考慮しなければなりませんでした。しかし先生はすべて警部にお話しするよう、きっと望んでおられると思います。結局、昨日朝ここで起きたことは、悲劇的な二人の死とかかわりがあるに違いありません」

「恐らくそうでしょう。少しお尋ねしてもいいですか？　昨日の出来事をもう少し詳しく検証してみましょう」

「どんなことでも喜んでお手伝いしますよ、警部。私だけではなく、私の法律事務所をあげて協力しましょう」

「ご親切にありがとうございます。ところで、長沢さんが亡くなった一月までさかのぼってみたいと思います。葬儀の後、メトロポリタン・トラスト銀行の貸金庫からかばんを取り出したとき、誰か一緒に居ましたか？」

「ええ、立会人として事務所の職員を一人連れて行きました」

「その際、かばんはどうしました、どこに保管していたんですか？」

「この事務所に持ち帰り、これらの本の後ろにある金庫に入れて鍵を掛けました」

板東は立ち上がって、本棚に歩み寄った。端を引くと、その後ろに隠されていた大きな金庫が現れた。

「かばんの鍵も同様に、その中に入れておきました」

彼は本棚を閉めながら話し、再び机に着いた。

「どんなかばんですか？」

「普通の黒い書類かばんです。全く使った形跡もなく、新品に見えました。机の上に横にして置けるような長方形の箱型のもので、留め金が二つあり、それぞれに鍵が掛かります。もちろん同じ鍵でどちらも開けることができました」

「長沢さんは孫に伝えようとしていた奥義すべてを書き記している書物を、あなたに見せたと言われましたね」

「そうです、警部。それは昨年のことです」

「どんな書物でしたか？」

「ええ、おしゃれな赤い革表紙で、特別に大きなものではありませんでした。普通のペーパーバックくらいの大きさでしょうか―せいぜいそのくらいでした。しかしそれは硬い表紙でした」

「分かりました。それはすっぽりとかばんの中に収まっていたことは確かですね？」

「ええ、全く支障はありません。そのかばんなら五、六冊を容易に入れることができると思いました」

「そうですか。ところで、それは長沢さんの自筆だったんですね？」

「ええ、少し見せていただきましたが、図や表、説明など、どれもきちんと書かれていました。私には十分には分かりませんでしたが、備前焼の制作に携わっている人にとっては、計り知れないほど貴重なものであることは間違いありません」

森本は暫く考えた。

「かばんの重さはどのくらいでしたか？　書物だけでなくその他に何か入っているようでしたか？」

「ええ、言われてみれば、興味深い点ですが、かばんがとても重かったことは確かです。書物以外に何かあるようでした。それについて一月にメトロポリタン・トラスト銀行から持ち帰ったとき、当惑したことを思い出しました。だが、他にどんな物が入っていたか全く分かりません」

森本は再びあごを撫でた。

「ああ、それは面白いですね。祖父の書物を受け取るためには、兄弟が互いにいがみ合いをやめなければならないという要求もまた気になるのです。あなたご自身、長沢さんから託された指示に照らして、かばんを兄弟に渡す前に、二人に和解する心構えができたかどうか調べる責任があるように感じておられましたか？」

「またまた、いいところに目をつけられますね、警部。その問題を注意深く考えたのですが、二人が望めばかばんを渡すようにと、先生が最初にはっきり指示されている事実を踏まえると、二人の関係は気にすべきではないと決めました。兄弟にあてた手紙から分かったのですが、意見の違いを解消し一緒に仕事をすることが、その書物を手に入れる唯一の道だと明言されています。実のところ、昨日朝二人が来たとき、その目標に達していたのかどうか、また実際、達成しようと思っていたのかどうかも私にははっきりしません。二人はまだそれぞれ別の備前焼の窯元を経営していたと聞いています。でも、二人が一緒に来てかばんを要求したので、指示通り渡しました」

森本はうなずいた。

「ええ、分かります、板東さん。あなたは長沢さんの指示を忠実に解釈して、適切に対処されたと思います。今週まで兄弟どちらからも連絡がなかったとおっしゃいましたが、本当ですか？」

「ええその通りです。一月の葬儀の後、兄弟二人にあてた先生の手紙を読みましたが、その日に私の事務所を出てから、二日前の火曜日に健三さんから電話があるまで二人から何の連絡も受けていません」

「健三さんは電話で何と言ったのですか？　兄弟の関係について何か触れていましたか？」

「いいえ、全く何も。非常に事務的な口調で——かばんを受け取りに行くと言っただけでした。私の事務所に十時までに二人が来さえすれば、かばんを渡せると説明しておきました」

「昨日朝、現れたとき二人は特に緊張や興奮しているようでしたか？　また互いに仲がよさそうに見えましたか？」

「うーん、正直言ってよく分かりません。互いに相手を気遣っているように感じました。それも祖父の書物を受け取るときの期待を考えれば、ごく当たり前でしょうがね。私が居る間はほとんど話しませんでした。二人が互いにどう思っているか、あまり憶測をしたくなかったんですよ」

森本はあごを撫でた。

「ああ、そうですか。かばんは書斎のテーブルに置いたのですね？」

「ええ、それから二人に鍵を渡し、十時丁度に部屋に案内しました」

「それから少しして、健三さんが一人で出て行ったのですね？」

「そうです、十分後くらいです」

「その時、何か持っていましたか？」

「私の見た限りは何も」

「祖父の書物を持って出たとは考えられませんか？」

「上着の下に隠していたとすれば、持ち出せたでしょうが」

「出て行くとき、あなたか誰か他の人に何か言いましたか？」

「いいえ、一言も言いませんでした、警部。書斎を出てドアを閉めて、事務所を飛び出していきました」

「かなり急いでいたんですな？」

「ええ、そういえば、そんな印象を持ちました」

「なるほど」

これまでの話の内容について、森本が思案している間、暫く沈黙の時間があった。鈴木は質問に答える板東を注意深くじっと見つめていた。

「書斎からは全然何の物音もしなかったと思いますが、板東さん？」

「全く何も」

「恐らく声を荒らげることもなかったでしょうし、言い争う兆しもなかったんでしょう？」

「ええありませんでした」

「なるほど、分かりました。ところで健三さんが立ち去ってから、栄三さんは一人だけで二時間も書斎に残っていたと言われましたが？」

「その通りです。十二時十五分過ぎまで居ました」

「それまで書斎を離れなかったんですね」

「ええ、出ていません」

「その間ずっと一人で書斎に？」

「そうです」

「栄三さんだけ居た間、他に誰も入らなかったことも確かですね」

「間違いありません警部、全く誰も。二人がかばんを持って部屋に居る間は誰も入れてはならないと、先生ははっきりと指示しておられました」

「そうでしたな。すると出ていったとき、栄三さんはかばんを持っていたんですね？」

「ええ、その通りです。そのとき私にも他の者にも何も言いませんでした。急いでいたこともあったかもしれませんが、よくは分かりませんが」

「栄三さんが出ていった後、書斎に何か残されていませんでしたか？」

「いいえ、何も。私が最初に部屋に入りましたが、何もなかったことは保証しますよ」

森本は頭をかいた。

「全く妙な話です？　ところで板東さん、書斎には電話がありますか？」

板東は首を振った。

「いいえ、ありません」

「ふーん…なるほど。まあ、どうも納得のいかない事件です！　いつ二人の死をお聞きになりましたか？」

「昨夜、車で家に帰っているときです。カーラジオで聞いていましたが、二人の事件は夜のトップニュースでした。大変なショックでしたよ。きっと分かってくださると思いますが—ほんの少し前に二人と会っていたんですからね。また、県警本部長の記者会見も昨夜、自宅で見ました」

「昨日、何時に家に帰ったのですか？」

「ここを六時前に出ました、警部。昨日はそれまで一日中事務所に居て、全く離れていません」

11　和解の証明

　前日は一日中、事務所を出なかったと板東が自ら申し立てた後、会話が少しばかり途絶えた。鈴木刑事はその機会に、テーブル上の銀のコーヒーサーバーからもう一杯コーヒーを入れ、クリームをたっぷり加えた。しかし、森本警部が再び質問を始めると、彼女はまた板東をじっと見つめた。

「ぜひとも協力していただきたいことがあるのです、板東さん。それは長沢さんが、お孫さんに渡そうとしていた書物の本当の価値と、重要性を分かるように説明していただきたいのです。その書物は、備前焼の仕事をしている人には誰にでも役に立つものなのですか──健三さんや栄三さん以外の備前焼作家にとっても有益なものでしょうか？」

「ええ、間違いなく役に立ちます、警部。それは到底値段のつけられないほど貴重なものです。芸術的な見地からだけではなく、金銭上からみても文字通り千金の値打ちのあるものです。理論上、誰でもその書物の内容を知りさえすれば、最高水準の備前焼の制作を始めることができ、そのような高い質の作品は今日では非常に高額なものとなるでしょう。もちろん、いくらか備前焼制作の基本的な経験は必要ですがね。ですから現役の作家にとって、その書物はのどから手が出るほど欲しいものです。どのくらいの作家が今、活躍しているかを知ればきっと驚かれるでしょう。この地域には数百の備前焼の窯元があるのです。もちろん備前市を中心として、この地方一帯の広い範囲にわたっています」

「ああ、そうですな。私自身、よくそれを目にしています。もしこの地域の作家の誰かがその書物を手にして、その人の作品が急激に向上したとしたら、それは長沢さんの奥義を手に入れたに違いないと、備前焼業界の者にはすぐ分かるんでしょうか?」

「またまた、いいところに着目されていますね、警部。私の考えでは、為華先生の秘密の技法を手に入れたことを証明することは不可能だと思います。作家はいつも試行錯誤していることを覚えておいてください。とりわけ目を引く秀作となる〝幸運な偶然〟を引き出すことを期待して、制作過程でいつもあれこれ研究を重ねています。若いころ、先生は偉大な実験者でした。書物に記した相当量のものは、先生自身で開発された知識だろうと思います」

「だからお分かりでしょう、備前焼には二つとして同じ物はありませんから。先生の技法を盗んだといって、作家を責めるのは大変愚かなことです。どこかの工房で、作品の質がすべて劇的に向上したとしても、それは研鑽の賜だと主張するのは簡単でしょう。また、そのような申し立てについて、異論を唱えることは実際不可能です。警部も分かっておられるでしょうが、そういうわけで先生の書物が備前焼業界の誰にとっても、それほどすごい価値があるのです」

森本はゆっくりうなずいた。

「なるほど、板東さん。大変興味深いことですな。重ねて申し上げますが、こんなに時間をとって様々な話をお聞かせいただきありがとうございました。ついでにもうひとつお尋ねしますが、お孫さんにあてた長沢さんの手紙に関してあなたのお考えは?とりわけ二人が書物を得るのに、仲たがいをやめるよう求められた問題についてどう思われますか?」

「正直に申し上げて、とても大きな謎です、警部。これまで三カ月間、随分と考えてきたことです。先生は奥義を伝える前に、二人の孫を和解させたいと思われたというのは確かに納得がいきます。その考えはもっともなことです。ただ不思議に思ったのは、かばんを譲り渡す際に、二人が和解したことの証明を求めていなかったという事実です。例えばその点で、先生への忠告として私が意見を求められたなら、二人は窯元を統合することを条件に、ある期間、大体一年かそこらぐらい互いに協力し合っていることを見せてもらうべきだと提案したでしょう。そのような条件を満たしたときに、書物を兄弟に渡すことにしたらと、先生にアドバイスしたでしょうに」

「しかし、警部、先生はその種の条件について何も書き記していません。兄弟二人が要求したとき、いつでもかばんを渡すようにと、単に指示しているだけでした。でも二人が本当に和解しないなら決して手に入れることはできないと、手紙にははっきりと書いてありました。心からの真の和解という言葉を使って、二人が本心から仲直りしない限り、代々伝わる奥義を決して受け継ぐことはできないと指摘されていたのです。実は昨夜、先生の意図されたことの意味を考えてみました。なぜ、すべてがそんなに悪い方へいって、二人のお孫さんのおぞましい死という悲劇につながってしまったのでしょうか」

森本はうなずいた。

「ええ板東さん、不可解なところですな？　ところで、貴重なお時間を割いていただきありがとうございました。これ以上、お引き止めしない方がいいでしょう」

森本と鈴木が肘掛けいすから身を起こすと、板東も机から立ち上がった。話し合いの間、それまでずっと板東の態度はプロそのものだった。討議していた問題を、感情的にならないよう冷静な態度で話し合いを進め、明白で合法的な調子で事実とそれにまつわる情報を伝えていた。しかし、今、森本は板東の態度がほんの少し変化していることに気付いた。

「お尋ねしてよろしいでしょうか、警部。健三さんと栄三さんについてですが、何が起こったのでしょう？　自殺ですか、それとも殺されたのでしょうか？」

森本は首を振った。

「本当に分かりません。どちらの可能性も無視するわけにいかないんです」

「なるほど、もちろん、そうでしょうね。ところでもう一つ…この時点で何もおっしゃれないだろうということはよく分かります。しかし、多分、備前焼物美術館の理事である私の役割として質問してもいいと思うのですが、長沢先生の書物はどうなったのでしょう？　一体どこにあるのでしょうか？」

森本は板東の顔を真っ直ぐに見て、答える前に暫く観察した。

「残念ですが、分かりません。栄三さんの事務所に戻り、もう一度捜索しそこにないことを再度確かめるつもりです。私達が知る限り、兄弟二人が昨日午後、遺体で発見されたときには、長沢さんの書物は一緒にはなかったのです」

板東の顔は、失意のどん底に陥ったように打ちのめされていた。

「ひどいことです、警部、本当にむごいことです。もし書物が見つからなければ、長沢家の損失だけでなく、国中でかけがえのないものを失ったことになります」

「ところで、面白い問題を出すぞ、鈴木刑事」岡山駅前をタクシーで通り過ぎるさい、森本は言った。「長沢の立場になって考えてみたまえ。自分の孫二人が心から和解することだけが唯一書物を手に入れる方法だったとしたら、どのような手筈を整えるかな？」

「そうですね、興味深いところです」鈴木は日本中で親しまれているおとぎ話の主人公の少年、桃太郎の像をちらりと見ながら答えた。「板東の話では長沢は長い間、その問題に心を痛めていたようです。しかし指示では、長沢は何とか解決策を見いだしたようです——少なくともそのように思ったようですね」

「そうだな、その解決策は長沢がメトロポリタン・トラスト銀行に預けていたかばんと、それを兄弟二人に渡す際に板東に与えた奇妙な指示とが、明らかにかかわりあっているんだろうな」

「きっとそうですよ、警部。かばんについて何か大変なことがあったに違いありません」

12　書物の行方

森本警部と鈴木刑事が県警本部の執務室に戻ったのは、午前九時を少しばかり回っていた。

「山田巡査部長はまたお忙しかったでしょうね、警部」机の上の新たな報告書を手に取って鈴木は言った。「昨日午後の遠藤の歯科治療について、詳しいことが確認できたと記しています。遠藤は、駅を少し南に行った歯科医院の丸瑳新太医師を訪ねていました。二時半の予約で、治療にはたっぷり一時間かかったそうです。来院は二時ごろだったと、受付からも確認できました」

「分かった」森本は、机の上に脚を投げ出しながら言った。

「それに今朝、巡査部長が試した氷入り麦茶の実験の報告もあります。昨日午後、栄三の事務所にあったものとよく似たコップに、冷蔵庫から出した麦茶を入れて、三個の角氷を加えて机に置いておいたところ、一時間二十分ですべて氷は解けてしまったそうです」

「ああそうか、それはどういうことだろうかな、鈴木刑事？」

「そうですね、警部、一般的に言えば、角氷が麦茶のコップで解ける時間は、多くの要因によって左右されると思います。氷の大きさや数、氷を入れる麦茶の温度や量、周囲の気温などです。しかし、もし巡査部長の実験が、栄三の事務所で昨日午後起きたことをかなり忠実に再現したものだと仮定すれば、麦茶は少なくとも私達が到着する一時間二十分以上前に注がれていたことを示しています。着いたのはおよそ四時二十五分でしたから、三時五分ごろより後では、飲み物が準備できなかったことになりますよ」

「そうか、分かった。その時間に遠藤は歯科医院で治療中だったんだな」

「その通りです。もちろん飲み物が作られたときに、毒が麦茶に混ぜられたかどうか確証はありませんし、氷が本当に二人の飲み物に入っていたかどうかも確かではありません。しかし科捜研の分析では、麦茶が薄められていたと報告されており、その考えを裏付けています。恐らくもっと重要なことは、麦茶は飲み物が作られたとき、冷蔵庫から直接取り出されたかどうかも分からないことです。二人はそのペットボトルを持ってきていたのかもしれません。その場合、麦茶を開けたとき、それは室温になっていたと思われます。もしそうなら、氷は一時間二十分よりずっと早く解けてしまったでしょう。巡査部長の実験で、麦茶は冷蔵庫から直接取り出して使ったと指摘していますよ」


少したってから、山田巡査部長がドアを強くノックして、事務所に勢いよく入ってきた。

「おはようございます、警部…本部長はその後の最新情報を待っておられますよ」

「やあ、おはよう。今朝の本部長のご機嫌はいかがかな？　近いうちにまた開く記者会見の準備だろうな。ところで、巡査部長、氷入り麦茶の実験で忙しかったようだな」

山田はニヤリと笑った。

「実のところ警部、部署総出でやりました。結構、面白かったですよ。みんな大いにはまって、実験結果をめぐってあれこれ取り沙汰していました。結局、一時間と二十分だったんですがね」

「それは聞いているんだが、大変役立つ情報だな。ところで昨夜、栄三の事務所を徹底的に捜索したんだろう？」

「はい、念入りにやりました」

「それでは備前焼の制作について書き記している小さな書物を見つけなかったかな？　赤い革表紙の手書きのものだと思われるが」

山田は首を横に振った。

「いいえ、警部、そんなものは出てきませんでした」

「では黒い書類かばんはどうだ？　事務所で見つかってないかな？」

山田はもう一度、首を横に振った。

「いいえ、何もありませんでした」

「なるほど、ご苦労だがもう一度事務所に引き返し、書物がそこにないことを再度確認してもらいたい、頼んだよ」

「承知しました」


森本が入ったとき、本部長は机にかがんで山のような書類を熱心に読んでいた。

「ああ、森本警部…来たか！　待っていたんだ。何か報告することはないかな、新しいニュースは？　捜査に何か進展があったかな？　十時にまた記者会見があるので、これまでに分かった最新の事実と情報をよく知っておきたいのだ」

「また会見をされるのですか？」

「まあ私の役目だ、県民すべての幸せを守らなきゃならんからな。それにすべての情報はみんなに公開しておかなければならない。このような状況下では、全く正直に包み隠さず公表するのが一番いいんだ。一部始終を打ち明けて、知っていることをすべて話すのが結局、最良の方法なんだ。それが信頼を得ることになり、言ってみれば、県民と警察を結びつける接着剤のようなものになるんだ。人々に隠し事をしておく時代ではないんだ」

「それは大変良いお考えです、本部長」

「絶対にそうだ、それが一番だ。これまでそう信じてやってきた。正直言って、カメラの前に立って私に課せられたちょっとした義務を果たすことは何でもない。そんな抑圧を上手に扱うことができる人もいるし、できない人もいる。私にとって当たり前ことで、全く苦にはならないんだ。そのこつはリポーターの目を真っ直ぐに見て、素早く明確な答えをすることだ。うまく受け答えをすれば、この事件全部が大変よい広報活動になるんだ」

「そのようにいくといいですね、本部長」

「ああ、そう願っているんだ。ところで、何か新しいことが分かったかな?」

森本はその朝、板東から聞かされた、二人の孫に用意された長沢為葦の書物について説明した。孫にあてた長沢の信じ難い手紙と、板東に残した一連の指示を聞いた本部長は、手にしていた報告書を思わず机の上に落とし、驚きの表情でいすの背にもたれ込んだ。

「ああ、警部、それはこの事態に新たな視点を与えることになるな? 今手がけている殺人かもしれない事件だけでなく、長沢家からの陶芸技術の盗難、つまり何代も積み重ねてきた優れた知識がなくなった事件とも取り組んでいるんだ。それは国の宝だろう、今では失われた国宝だな!」

本部長は眉をひそめ、事態を深く考えた。

「ところで、警部、この件はとりわけ慎重にやっていかなければならないぞ。長沢の書物について状況がもっとはっきりするまでは、暫く黙っている方がよいようだな。その点について、板東の判断を信頼するのがよいと思う。これまでにもつきあいがあるが、立派な人で社会からも尊敬されている。非の打ち所のない人物だ」

「それを聞いて安心しました、本部長」

「もう決心した。記者会見では書物のことや、昨日朝の健三と栄三の板東法律事務所の訪問については何も触れないつもりだ。目下のところ県民に知らせる必要もないだろう」

「多分、それが賢明でしょう」

「きっとそうだ。その代わり、リポーターには劇薬について詳しく話すつもりだ。何と言ったかな？フェノ…とか、何だったかな？」

「フェノトロキシンです」

「ああ、それだ。それでメディアは暫く大丈夫だろう？　差し当たり我々だけで書物の捜索を続ければいいんだ。今のところ、人々の関心を集めてもらいたくない。というのは、兄弟のこのような死だけでも、県民にとってかなり大きなショックだっただろうからな。まあ、このような判断をすることも仕事のうちなのだ。そう何を話すべきか、話すべきでないかという判断だ。たとえ秘密にしておくことがあっても、時にはそれが一番県民のためになるという場に直面することもあるのだ」

県民と警察との間に築く必要のある信頼の絆に関して、本部長はつい今しがた熱心に主張していたのに、何とたやすく覆してしてしまうものかと、森本は考えた。そうこうするうち本部長は再び書類に向かって、この会議が終わったことを暗に示した。だが、森本が出ていこうとドアまで来ると、本部長は書類から顔を上げて呼び止めた。

「ああ、そういえば、もう一つちょっとしたことが、警部。私の言葉をそう気にしないでもらいたいのだが、今朝、君が県警本部に着いたときの様子をテレビで見ていた。覚えているかな？　レポーターが建物の階段の外で、君のインタビューをしていた。えーと…どうかなと思ったのだ。言ったようにたいしたことではないんだが、まあ次にはだ、もう少し愛想よくできないものかなと思ったんだ。言っている意味は分かるだろう？　メディアとよい関係を維持するには、面倒なことも必要になってくるものだ。恐らく笑顔を見せて事件捜査が順調に進んでいると少しコメントすれば、次回、まずくなることはないだろうと思うんだが？」

「そのように努力します、本部長」

13　通話の記録

森本警部が執務室へ戻ったとき、鈴木刑事はパソコンに向かっていた。

「面白いことが分かりましたよ、警部。兄弟の携帯電話に関して、電話会社から報告が来ています。この二つの電話は、昨日、栄三の事務所にいたとき、二人のポケットにあったものです。二人が昨日かけた電話のリストを作ってもらい、かかってきたものも併せて調べてもらいました」

「手回しがよいな、鈴木刑事。昨日、二人がかけたのはいつだったかな?」

自分で入れたお茶を持って席に着き、森本は尋ねた。

「はい、詳しく調べてみました。まず栄三から始めましょう。家から備前の工房に電話したのが、昨日最初の電話です。それは七時五十六分で、七分間話しています。十時三十三分にはもう一度、工房にかけており、十分間話していました。この二度目の電話はどこからかけたものか調べてみましょう。正確な位置が分かったので、地図で探すのは簡単です。今見ています…ああ、そうこれ、間違いありません——二度目に電話したとき、栄三は確かに板東の事務所にいました」

「それじゃ我々が聞いていることとすべて合うんだな?」

「ええ、その通りですね。昨夜、遠藤が話した内容と一致しています。昨日朝、遠藤が工房に居たとき、栄三と二度話したと言っていました。栄三が十時から十二時十五分まで、法律事務所にいたという板東の話とも合います。遠藤は十時三十三分に二度目に電話で話したとき、栄三がどこに居たか詳しく知らず、保険のことで誉司さんと会った岡山の事務所だと思ったと言っていました。しかし実際には、栄三は板東の書斎に居たことがこれで確認できました」

「そうか、よくやったぞ」

「栄三は、昨日この二回かけただけですが、かかってきたのは四回あり、すべて健三からで十時から午後一時までの間にありました」

「おお、そうか。その間ほとんど栄三は、板東法律事務所の書斎に居たことが分かっている。それらの電話は、健三がそこを出た後の所在について新たな手掛かりとなるはずだな」

「その通りです。栄三が電話を受けた場所の確認から始めましょう。えーと…これこれ、最初の三通話は同じ位置で、栄三が朝二度目にかけた位置—これは板東の書斎だと分かっていますが、これと同じでした。えーと…四度目の電話、それを受けたときはどこか別の所で、その詳しい位置を調べていますが、ああ、間違いなく栄三の事務所です。その日の午後、後に遺体で発見されることになる自分の事務所に戻って、兄からの四度目の電話を受けています」

「それは面白いな」

「そうです。それが栄三の電話の通話記録です。次は健三です。昨日朝、八時一分に最初の電話をかけており、四分間だけ話していました。えーと、その時はどこに居たのでしょう？　正確な位置は備前の住所、そこがどこなのか調べてみます、ああここです、自宅ですね。自分の家からかけていました。備前にある他の住所で登録した電話へかけたものでした。今調べていますが、そう、健三の窯元の住所でした。健三は昨日朝、自宅から備前の事務所に短い電話をしていました」

「そうか」

「分かっているところでは、その日、健三は弟に四度電話をしていました。それはすべて把握していま す。昨日、それ以外どこにもかけていませんし、かかってきてもいませんでした。そこで、栄三にかけた四度の電話について、もっと詳しく見ていきましょう。最初は十時二十分にかけられ、一分にも満たないごく短いものでした。電話した時、どこにいたのでしょう？　えーと…ここに地図が…どうやら駅のようですね。岡山駅からかけていました」

「本当か？　それじゃ、昨日朝のことについて、板東の話と完全に一致するわけだ。健三と栄三の二人は書斎で十時にかばんを開け、十分後に健三は出て行った。そして岡山駅に向かったことが分かった。板東の事務所から駅までタクシーでほんの数分もかからないわけだから、時間はうまく合っているな」

「書斎を出たとき、健三は慌てていたという板東の供述も忘れてはいけません」

「ああ、重要なポイントだ、鈴木刑事。健三はかばんを開けた後、列車に乗るために急いで出ていったようだな。恐らく前の通りでタクシーを拾ったのだろう」

「そのようですね、警部。それに続く電話で、どこへ行ったかがはっきりするはずです。二度目の電話は十一時五十一分で一分にも満たないものでした。それは全く別の所からかけられたものでした…この位置はどこでしょう？　ああ、京都です、健三は京都へ行ったのです！　正確な場所を調べていますが、どうも京都駅のようです、間違いありません。健三は京都駅から十一時五十一分に、まだ書斎にいた弟に電話をしています」

「それは大変面白いな」

「ええ、そうですね。今、時刻表を調べていますが、健三が十時二十分に岡山駅に居たら、京都へ向かう次の新幹線ひかりは十時二十七分です。それは十一時五十分に京都へ到着して、着いたことを弟に電話した十一時五十一分に丁度間に合います。きっとその新幹線を使ったのでしょう」

「確かにそのようだな。電話を他の誰にも貸さなかったと仮定してだがな」

「ええ、重要な点ですね。いずれにせよ、三度目の電話を調べています。十二時十二分にかけられており、これは健三が京都についてから間もなくです。三分間の通話で京都からです。今、地図がコンピュータ画面で出てきているところです…ああここ、そうですね、健三は京都駅から二筋南にある通りに居たようです。どのビルに入っていったか、見つけ出さなければ。丁度この場所です、何の建物でしょうか？　ああ、メトロポリタン・トラスト銀行です。昨日十二時十二分、京都駅近くのその銀行から、健三は栄三に電話をしています。その時、栄三はまだ板東の書斎に居たことが分かっています」

「よく調べたな。今朝の板東の話によれば栄三は十二時十五分過ぎにかばんを持って事務所を出たのだから、健三と話し終えてすぐということになるな。健三が京都から電話をしてくるまで、栄三は書斎で待っていたようだな」

「その通りです。もう一つ電話がありました。今、四度目のその電話を調べています。ああこれですね…十二時四十一分、二度目と同じ場所の京都駅からかけられています。一分足らずの短いもので、栄三が自分の事務所で受けたものでした。ですから健三は銀行に行った後、京都駅に引き返したに違いありません。多分、新幹線で岡山に戻ったのでしょうね。少なくとも、遠藤が遺体を発見して救急車を呼んだ三時五十五分までには、岡山に帰っていたわけですから。そして栄三もまた、板東の書斎を出てから自分の事務所に戻ったようですね」

「ああ、きっとそうだ、よく調べ上げた。通話記録は、昨日の兄弟二人の行動をずいぶんと浮き彫りにしてくれたようだな」

「確かにそうですね」

森本は立ち上がった。

「ところで」彼は言った。「山田巡査部長にもう一度備前に行ってもらい、昨日朝早く健三が事務所へかけた電話を受けた者を探すよう伝言しておこう。我々は京都のメトロポリタン・トラスト銀行に行かなければならないようだな、いいかな鈴木刑事?」

「それは名案ですね、警部」


森本と鈴木が県警本部の正面玄関を出て通りへ向かったとき、その朝早く森本にインタビューしたリポーターが、再び彼の前に急いで進み出た。背後にカメラがセットされると、大きなマイクを持って芝居がかった声で話し始めた。

「我々が生中継でお送りすることになっている次の会見が迫っている中、カインとアベル兄弟の現代版ドラマのような、突如起こったおぞましい事件を担当している捜査員が、県警本部を出発されようとしています。視聴者の方はお分かりでしょう、森本警部です。人生これからが盛りの二人の若者にとって取り返しのつかない身の毛もよだつような事件を解明するため、一秒を争う時間との競争をされている中、お邪魔をすることは決して本意ではありません。しかしながら、警部、これまでの捜査から最新の状況、今後の見通しを少しばかり話していただけませんか?」

リポーターが固唾を飲んで見守る中、カメラは森本の顔をアップで捉えた。

暫くの間、言葉が途切れた。

森本はにっこりと笑って、カメラの正面を向いた。

「岡山県警本部長の卓越したリーダーシップと献身のおかげで、順調に捜査が進んでいることを、皆さんにお伝えしておきます。以上です」

14　京都からの電話

森本警部と鈴木刑事は腕時計をちらっと見て、エスカレーターで岡山駅の最上階へ上がり、東方面へ行く新幹線ホームへ歩いた。十時二十分だった。

「昨日、健三が岡山駅から弟に電話した時刻と同じだな、鈴木刑事」

「その通りですね、警部。この新幹線に乗ったに違いありません」

十六両編成の新幹線ひかりは、既にホームに入っていた。しゃれたクリーム色をした流線形の外観が、午前の陽光にきらりと輝き、窓の下には幅広い明るいブルーの帯が車体に沿ってのびていた。その列車は岡山が始発で、東京まで専用軌道が七百三十キロ続いている。

森本と鈴木は列車中央のグリーン車に乗った。通路を歩いて小さな電話室の前を通り、大半の席が空いている車両の広い快適な指定席に座った。列車は十時二十七分定刻に出発、高架の軌道上を徐々にスピードを増し、旭川、百間川と走り去り、山陽本線と赤穂線の高島駅も瞬く間に過ぎていった。

美しく晴れ渡った春の朝、今を見ごろの桜の花が際立って輝いていた。三月の終わりは、至る所にある桜が満開になることで、岡山の人々にとってもいつも心浮き立つころとなる。年にほんの数日しかないまさに見頃の日々に、花は最も強烈に輝きを増し、人々の興奮もピークに達する。そして年初の気象条件や予想気温に基づいて科学的な方法を駆使して、いつ最適な花見時になるかという開花予報も出されている。淡いピンクの花は、人の気持ちを浮き浮きさせ、会社員らには午後の仕事を休むありがたい口実となり、桜の木の下に集まって花見の宴を楽しむのである。

森本は満ち足りた気持ちでいすに深々と身を沈め、後方へ飛び去っていく岡山の田園風景を楽しんでいた。

「ところで、健三と栄三の通話記録は収穫だったな？」

「はい警部、昨日、兄弟が何をしようとしていたか、かなり解明してくれたようでした。板東の話の重要部分を裏付けることにもなりました。昨日朝十時には、二人とも板東の書斎に居て、その後間もなく健三は一人で駅へ向かっています。多分、十時二十分に駅から弟に電話をして、この新幹線ひかりに乗ると言ったのでしょうね。私達も十一時五十分に京都駅に着くでしょう。そして、十一時五十一分に京都駅から同様に健三がかけた電話は、到着を確認するものだったに違いありません」

「ああ、そうだろうな」

「健三の次の電話は、京都駅から南へ歩いてすぐの場所にあるメトロポリタン・トラスト銀行からでした。十二時十二分に栄三に電話を入れており、その後すぐに栄三はかばんを持って板東法律事務所を出ています。健三が京都駅から再び電話をした十二時四十一分には、栄三は岡山の自分の事務所に居たことも分かっています。この電話は多分、どの列車で帰ってくるか栄三に知らせるものだったと考えられますね」

「恐らくその通りだろうな、鈴木刑事。もし健三が京都から岡山に真っ直ぐ帰ってくるなら、どの列車を使ったんだろう？」

鈴木は時刻表を調べた。

「えーと、十二時四十七分に京都を出るひかりがあり、岡山到着は二時です。十二時四十一分にあった健三の電話の後、京都を出る最初の下りの新幹線です」

「分かった。ということは、健三は二時十分には栄三の事務所で一緒に会えたわけだ」

「そうです、岡山駅から栄三の事務所に直接行ったとすればですが」

「なるほど…何かがはっきりしてきたな。緒方先生は検視分析に基づき、二人が死んだのは昨日の正午以降だと報告されている。しかし、今では健三は二時までは生きていたことが分かってきたな」

「そうです。同時に死んだとしたら栄三もですよ。もし麦茶の氷が解ける時間についての私達の着想が正しいなら、二人の死は三時よりあまり過ぎてはいないという推測ができますね」

「そうだ、それで死亡推定時刻が二時から三時の間に狭められるな。前にも言ったように、京都から電話をしたのが健三本人で、電話を他人に貸してはいなかったとすればの話だがね」

「その通りですね、警部」

新幹線は姫路駅に近づいて、スピードを落とし始めた。車両の左手遠くに、優美な曲線を描いた屋根と白い壁が輝く姫路城が目に入った。コンクリートのビルや近代建築に囲まれた都会の中、城はほぼ七世紀にわたって、ずっと街を見張っていたかのようにそびえていた。姫路駅では短い停車時間に少しばかりの乗客が乗り込み、列車はすぐに東に向かって進み始めた。田園地帯を走り、桜の花の中を過ぎていった。

「ところで、健三は昨日なぜ京都のメトロポリタン・トラスト銀行へ行ったんだろう」

「ええ、そうですね…たいへん興味あるところです。第一に健三の旅行は、祖父が二人に残したかばんの中で見つけたものに関係していることは間違いありません。というのは京都へ行っている間、栄三は板東の事務所で待っていたからです。兄弟二人は十時にかばんを開けて、祖父の書物を発見したのかもしれません。もし健三が別の用事で京都へ行くと決めていたなら、栄三がその後、板東の書斎でさらに二時間も待つ意味がありません。栄三が待っていたという事実は、いずれにせよ健三の旅行が、二人がかばんを開けたさいに見つけたものと何らかのつながりがあったことを示しています」

「同感だ。栄三は書斎を出ていくまで、京都の銀行からかかる健三の電話を待たなければならなかったようだ」

「どうもそのようですね」

「旅行の目的は何だろうな？　京都で何かを手に入れる必要があったのか、それとも何か持っていったのか？　健三が書物を京都へ持っていくことは可能だったのか、どうだろう？　もしかしたら、メトロポリタン・トラスト銀行の貸金庫に入れたのだろうか？」

「それも考えられないことではありませんね、警部。しかし書物か何かを京都に持ち込んだとするなら、栄三がどうして板東の書斎にそのまま残らなければならなかったかという疑問が起きますよ。全く交流のなかったこれまでの二人の間柄を考えれば、栄三が、大変貴重なその書物を健三だけに持たせて京都に行かせたというのは、どんなものでしょうか？」

「もしかしたら、かばんには二冊の書物があったのかもしれないな。そもそも板東は異常に重かったと言っていたしな」

「そうかもしれませんね」

「しかし、健三は京都に何かを取りに行かなければならなかったという方が、もっと妥当なようだな。京都の銀行にお金を引き出しに行ったとは思わないか？」

「なるほど…もしそうなら、二人の間で金銭面の折り合いがついたことを示唆しているのでは。多分、健三が支払うのでしょうか？　健三が書物を独占する代わりに、栄三にお金を支払うことで、二人の間に合意ができたのかもしれませんね?」

「そうかもしれないな。しかし知っている限りでは、栄三だってそれほど愚か者ではない。板東の説明からすると、栄三の側にかなったそんな取り決めをするなら、かなり法外な金額が支払われる手筈になっていたんだろうな」

「きっとそうですよ、警部。捨て鉢になるほど何らかの緊急な資金を必要としていない限りはね。その書物は、制作手順を実行して焼き物を作って販売するという、長期間の富を約束しています。しかし、必ずしもすぐに収入源になるとは限りません。栄三が短期間の金銭問題で切羽詰まっていたとしたら、まとまった金額を一刻も早く受け取るという取り決めで、敢えて合意したのかも。また、栄三はもっと有利な取引となるよう、健三の得る利益から後払いをさせる約束もできていたのかもしれませんね」

「それも考えられるな」

「しかし、お金を引き出すのにわざわざ京都まで行く理由があるようには思えません、岡山でもできるのですから。何かを隠しに行ったわけでもないでしょう。厳密に法的な観点からみても、伝来の奥義を得る栄三の権利を、健三が買い上げることに不適切なことは全くありません」

「その通りだな」

前日の健三の京都への謎めいた旅行について、森本は考えられる解釈をいろいろ思案した。ひかりは西明石駅に入り、すぐに出発した。スマートな黄色い制服を着た若い女性販売員が、車両中央の通路を、ワゴンを押して弁当やサンドイッチ、干しスルメや干し魚のようなスナック菓子、また様々なチョコレートや缶入り飲み物を売っていたが、今の二人にはそれらには全く関心がなかった。

「もし兄弟が、その奥義を第三者に売ると決めたならどうかな?」

「それもまた、何も不正ではありませんね。ただ兄弟の母親は動転されたでしょうが。もしそうだったとすれば、健三が京都の銀行へ行ったのは入金――つまり祖父の書物を売却した代金を確かめたのかもしれませんね。栄三は入金が確認できるまで、板東の事務所でその書物を安全に保管していたと思われます。もし第三者にその書物を譲ったのなら、恐らくその日の午後、栄三の事務所で渡すよう取り決めていたのでしょう。その上、健三が、京都で第三者に会ったとも考えられます。銀行で金銭取引をして、一緒に岡山に帰ってきたのかもしれません」

「それも面白い点だな、鈴木刑事。健三の旅は必ずしも一人だけだったとは限らないわけだ。京都からの帰りには同行者が居たかもしれないな、あるいは行くときから一緒だったのかも」

「そうですね、警部、現実の可能性としてはかなり高そうですね」

15　思いがけない旅行の謎

森本警部と鈴木刑事は至る所に点在する見事な桜の花の景色に目を奪われながらも、健三の京都への思いがけない旅行の謎について、暫く黙って考えた。最後に森本が話し始めた。

「健三が京都へ行ったのは、祖父の計画の一部だったのか。というのは、その旅行が必要になるよう手配していたのかもしれないな。もしかすると、かばんの中に京都に行くようにという指示が含まれていたのかな?」

「警部、結局、かばんに書物がなかった可能性も十分考えられますね。板東は、長沢為葦がそこに入れているのを見たとは決して言っていません。書物は京都のメトロポリタン・トラスト銀行の貸金庫にあったのでしょう。もしかすると長沢は、兄弟がどうしようかと考えていた三ヵ月の間、板東の事務所に置いたままにしたくなかったのかもしれません。板東を百パーセント信用していたわけではなかったのでしょう。でも、それが実際に京都にあるのなら、どうして兄弟揃って行かなかったのかという疑問がわいてきますね」

「その通りだ。もし書物が京都にあることを兄弟が知っていたなら、健三だけがそれを取りにいっている間、栄三が板東の書斎に残っていたのはおかしいな。奇妙なことといえば、かばんを二人に渡す方法について、長沢が板東に残した詳しい指示をどう思うかな? それは休日でない平日の十時と命じている、どういう意味だろう?」

「当初、それはちょっとした謎でした。しかし、今は健三が突然旅行をしたことが分かり、多分それが長沢の指示の一環だったとすれば、結局、不可思議なものではありません。それは京都の銀行を健三が利用できたこととも、恐らく関係があったんでしょうね」

「絶対そうだろうな！」

「長沢の指示は、健三が京都に行く必要性、具体的にいえば京都の銀行に行くことになると知っていた、という推測と一致しますね。新幹線は毎日走っており、もちろん、休日も含めてほとんど同じダイヤです。だから真夜中でない限り、いつでも希望する日時に、岡山から京都へ行けます。恐らく長沢は、健三が京都の銀行に行けるように、前もって手筈を整えておいたのでしょうね。言い換えれば、かばんを開けた時間に、同時に銀行も確実に開いているようにしたかったのですよ」

「確かに筋の通る話だな。もし二人が平日の午前十時にかばんを開けたなら、健三が京都の銀行へ急いで駆けつけられることははっきりしている。休日には銀行は閉まるからな」

「その通りです」

「一連の推理では、長沢が京都の銀行に何かを預けていて、健三があわてて取りに行く必要があった——そう次の日までそのままにしておけないほど急いでな。かばんを開けてからおおよそ二時間半以内に、健三が京都の銀行に到着することが、長沢の指示の条件だったんだ」

「ええ、そうですよ」

「健三は京都にある何かを岡山に持ち帰る必要があったのかな？　恐らく鍵だろうか？　京都から持ち帰った鍵がないと開けられない箱がもう一つかばんの中にあったのだろうか？　これが、かばんがどうしてそんなに重かったのかという説明になるんだろうな」

「ことによると、二人がかばんを開けた後に何が起きたのかを正確に予測するにしても、恐らく京都の銀行から兄が電話をかけてくるまで、栄三が板東の書斎で待っていたのは重要なカギになるでしょう。電話を受けてから、すぐに飛び出しています。それは健三からの連絡を待っていただけでなく、その知らせがあるまでは書斎を離れられなかったのでしょうね」

「すなわち、もう少し正確に言えば、鈴木刑事、その知らせをもらうまで、栄三は板東の事務所からかばんを持ち出せなかったのではないかな。兄弟二人とも好きなときに書斎に出入りしてよいという、板東の指示を忘れるわけにはいかないぞ」

「その通りです、警部。すべてをつなぎ合わせると、長沢は、自分が死んだ後に板東が取り出すかばんを岡山のメトロポリタン・トラスト銀行に預けただけでなく、京都の銀行にも何かを預けていたようですね。昨日朝、二人でかばんを開けたとき、預けたものを健三が京都へ行って取り出さなければならないことが分かったのです。また何らかの理由で、健三の旅行中、栄三はかばんを持って書斎に留まっていなければならなかったのです。しかし京都からの電話があるとすぐに、多分、そこで手に入れた何かの情報の連絡だったでしょうが、栄三は自由にかばんを持って、板東の事務所から悠々と立ち去ることができたのです」

新幹線は、神戸市街や港を見下ろす高台にある小規模な新神戸駅に止まった。その駅を出ると間もなく、列車は日本で二番目の巨大都市、大阪の郊外に入った。

「いいかな、長沢の立てた計画について我々の考えが正しいとしたら、必ずしも岡山に残るのが栄三で、旅行するのが健三でなくてもよかったのかもしれないな。というのは、栄三が京都に行き、健三が岡山に残ることもできたようだな」

「それはもっともなことですね、警部」

「だから長沢の計画の謎を解く手掛かりは、兄弟を別々にしたかったということかもしれない。どちらが、課せられた任務のどれを果たすかは特定しないでな」

「そうでしょうね。もしそうなら兄弟は、京都へ行く者と、かばんを持って岡山に残る者とを相談して決めなければならなかったわけですね」

「そうだ、協力し合って誰がどの役割を担うか決めなければならなかったはずだ。兄弟は反目しあっており、到底仲良くできなかったので、長沢がこれらすべてを仕組んだということを見逃してはならない。健三と栄三が本当に和解できているかどうか試そうと、かなり手の込んだ計画を思い着いたのではないかな。二人の孫が力を合わせることができればその書物が手に入る―そう手筈を整えたこの計画の目的全体は分からなくはない。言い換えれば、その計画は兄弟が互いに助け合えるかどうかを見る試金石だったのかもしれない。結局、二人にあてた手紙にもあっただろう。長沢は心底からの本当の仲直りが必要だと言っており、きっと兄弟が心から和解しているかどうか試そうとしていたんだ」

新大阪駅でたくさんの乗客が降り、販売員はワゴンを大急ぎで車外へ運び出した。ホームには、新たに商品を満載したワゴンが入れ替えを待っていた。ビジネスマンの一行が森本と鈴木が座っていたグリーン車に乗り込んできて、頭上の棚に手提げかばんを置き、席に着いてから新聞を開いた。最初、前日に活躍した野球や相撲の人気選手や力士の大写真があしらわれているスポーツ面を開いた。トップ記事を二、三段落読む前に、新幹線ひかりはほんの二分間の短い停車を終えて出発、京都に向けて旅が始まった。

「ところで、鈴木刑事、健三の京都旅行の裏にどんな理由が隠されていたとしても、すぐに岡山に帰らなければならなかったようだな。二時に岡山駅へ着くと多分、栄三の事務所に直行したんだろう。それから二時間のうちに兄弟二人とも死んでしまった。実際、角氷についての我々の考えが正しいとしたら、恐らく三時前には死んでいたと思われるんだ。健三の旅行と今朝、板東から教えられたことが、なぜ二人が死んだのかという問題解決への新たな光明となるのだろうか？」

「なるほど…それはいい疑問ですね、警部。まず兄弟は昨日午後、栄三の事務所に居たときには、かばんと祖父の書物をきっと持っていたと思われます。栄三がかばんを持って板東の事務所を出たのは分かっており、誰にも渡さずどこにも置いていない限り、健三と落ち合うまで自分の事務所で持っていたはずです。しかし、どちらも、昨日午後、駆けつけたときにはありませんでしたね」

「その通りだ、山田巡査部長が何も見落とさなかったとしての話だが。もしかして書物を見逃してはいなかったかと思い、引き返してもう一度十分に確かめたと聞いている。それでも事務所にかばんがなかったのは誰の落ち度でもない。かばんがないなら、まず間違いなく書物もなかったんだろうな」

「きっとそうでしょう。昨日午後、ある時点で兄弟とともにもう一人、三人目の人物が居たという考えが裏付けられそうですね――三つ目のコップを使ったと見られる人物が」

「そうだ」

「言うまでもなく、その書物の計り知れない価値は、健三と栄三を殺す明らかな動機となるでしょう。三人目の人物は、書物を盗むために兄弟二人に毒を盛ったのかもしれません。でも、どうしてかばんまで持ち去ったのかはっきりと分かりませんね」

「ああ、そうだな」

「今朝、兄弟の一人がもう一方を殺して、その後で自殺したかもしれないという可能性について話し合いましたね。突然、兄弟で互いに言い争いが起き、そうなったのかもしれませんよ。その場合、恐らく最後に、その書物の扱いについて、二人に反目が生じたのでしょう」

「そうかもしれないな。しかし、心中というのはどうかな?」

「今となっては、それは最も可能性が薄いですね。昨日の二人の動きは、それを追ってみる限り、午後にも死のうとしている者の心理状態を表しているとは到底思えません。結局、板東の所へ行って祖父の書物を受け取ることを決心して、健三はわざわざ京都まで行ったのです。しかしながら、午後になって状況が急速に悪化―二人を自殺に追いやるようなとてつもないことが起きて、考える間もなく急に自殺を決断せざるを得なくなった、ということでしょうか」

「その通りだ。それじゃ遠藤はどうだろう? 昨日午後、二人の他に事務所に居たのが確かな人物だ。その書物のことを知っていたと思うかな?」

「栄三が遠藤に言ったかどうか、はっきりしませんね。昨日朝、二人は二度確かに話しています。もちろん二度目の電話の際には、栄三は板東の書斎で目の前にかばんを置いて座っていました。しかし遠藤は供述でも、私達との話の中でも、書物については何も触れていません。もし栄三が板東の事務所で、祖父が生涯をかけて蓄えた莫大な価値のある知識を受け継ぐと言っていたなら、遠藤は昨夜きっと話してくれたはずです。もちろん何も隠し立てをすることがない限り」

「そうだろうな。備前焼の仕事をしている遠藤には長沢の書物のことをあらかじめ聞いていたとしても、あるいは偶然出くわしただけでも、すぐにそれが途方もなく重要で価値のあるものだと悟っただろうな」

「間違いありません、警部。かばんと書物は昨日午後、遠藤が到着したとき栄三の事務所にあった可能性が高くなっています。その時もし兄弟が既に死んでいたなら、遠藤が誰かに異変を通報する前に書物とかばんを持ち去ったかもしれませんし、実際にまだ生きていたのなら、自分で書物を持ち去るために二人の毒殺を思い付くことも不可能ではなかったでしょうね」

「そうだ、それは確かに十分に検討する必要があるな」

16　京都の貸金庫

森本警部と鈴木刑事は、京都に入っていく列車から桜の花を見ていた。古い都だった京都は一千年以上にわたって皇居があった。市街地の公園や庭園にはたくさんの桜が見られたが、岡山の桜に比べると北東寄りという地域差によるものか、まだ十分には咲きそろっておらず、見ごろまでには数日かかりそうだった。

京都の街は西、北、東方を低い山々に囲まれている。新幹線は山裾を迂回し、桂川を渡って南西から市街に入った。豊富な歴史のある都市だが、現代の街の外観は、他の日本の大都市とほとんど変わっていない。しかし、列車が近代的な複合駅舎に入る前には、二千とも言われる多くの神社仏閣で知られている街の片鱗を垣間見ることができた。

二人が混雑するホームへ降りたのは、丁度十一時五十分だった。

「健三は昨日、駅に着いたとき弟に電話したに違いないな」森本は改札口を出ながら話し、四方八方へ向かう乗客で混雑する中、自分達の行く方向を確認した。

最後に駅の一階まで下りると、二人は壁にある地図を調べた。そこには多くの観光客を魅了している市の中心街の名所が、数カ国語で表示されていた。駅から北側に向かって街の中心部が広がっており、巨大なオベリスクの形をした近代的な京都タワーが高くそびえ、上部には円形の展望台が設けられていた。タワーの横は、百年以上前に東京へ移るまで皇居であった京都御所に向かって、真っ直ぐに広い通りが延びていた。

しかしながら、森本と鈴木が向かったのは、反対方向にあたる南側。駅の南口を出た後、南へ二筋歩き右に曲がって西方面へ進んだ。木造の塔としては日本で最も高い、東寺の五重塔が目の前に現れた。だが、春の日差しを受けて輝くメトロポリタン・トラスト銀行の大きなガラス張りのビルのため、五重塔は小さく見えた。

森本は銀行に入るとき、時計を見た。十一時五十七分だった。


メトロポリタン・トラスト銀行京都支店長の大伴は、近代的なビルの十四階にある広々とした執務室に居た。大きな窓からは、東寺の美しい庭や、塔の景色を存分に楽しむことができた。岡山を発つときに、鈴木があらかじめ連絡していたため、大伴は二人を待っていた。

背筋を伸ばして机に着き、半月形の眼鏡の上から森本をじっと見つめた。

「警部、この機会に長沢為葦様ご自身の死だけでなく、その後に起きた二人のお孫さんのご不幸について、私どもの受けた大きな衝撃と深い哀悼の意を表させていただきます。日本を代表する芸術家であり陶芸家として、いつも最大の敬意を払ってまいりました。家内も私も、長沢様の作品が大層気に入っています。ご存じでしょうが、茶道はここ京都で大変人気があります。実際、家内は大の茶道愛好家で、長沢様の茶器をいくらか持っていますが、とても大切にしていて特別なときにしか使わないほどです」

「ああ、そうですか?」森本は答えた。「長沢さんの作品は、お茶席に特に好んで使われていると聞いています」

「はい、その通りです。私は専門家ではありませんが、家内から少しばかりは聞いて知っております。長沢様の茶器は、京都では大変珍重されています」

女性が入ってきて、みんなの前に冷たい麦茶の入ったコップを置いた。森本と鈴木はいささかためらいがちにそれを見た。しかし大伴は手にして、うまそうに二、三口飲んだ。

「とてもおいしい麦茶でしょう?」彼はコップを置いて言った。「いつもは夏になるまでお客様にはお出ししません。しかし私自身が好きで、近ごろ暖かくなったこともあってお二人にも喜んでもらえると思ったのです」

「それはご親切に、ありがとうございます、大伴さん」森本は飲み物を注意深くかぎながら言った。

「こんな素晴らしい日に、きっと楽しい列車の旅だったでしょう」

「ええ、本当にその通りです。桜の花は目を見張るばかりで、それはそれは見事なものでした」

「きっとそうだったでしょう。来週初めには恒例の花見を予定しており、いい天候が続くことを願っているのです。ところで、昨日亡くなった長沢兄弟の事件の重要な捜査のために来られるということを今朝お聞きし、会議も急きょ取りやめてお待ちしていました」

「それは大変ご親切にありがとうございます、大伴さん。ご迷惑をおかけして申し訳ありません」

「いや、どういたしまして…何でもありませんよ。この恐ろしい事件は、日本中の注目を集めており、メトロポリタン・トラスト銀行としましても、できる限りお手伝いするつもりですから」

「それほどまでおっしゃっていただき、感謝の言葉もありません。では、単刀直入にお尋ねします。昨日、今ごろ健三さんがここに来られたと思いますが、何か記録が残っていないでしょうか?」

「ありますよ、警部。今朝お電話をいただいてすぐに確かめてみました。おっしゃられた通り、長沢健三様が昨日、貸金庫に来られていました」

「そうですか。では健三さんの口座が、ここにあるのですね?」

大伴は首を横に振った。

「いいえ、口座はありません」

「でも、貸金庫を持っているんでしょう?」

「ええ、まあ、もう少し正確に言いますと、警部、利用できる貸金庫があるというわけです」

森本はあごを撫でた。

「そうですか、分かりました。差し支えなければ中を見せていただきたいのですが?」

「はい、全くかまいません。警部がお越しになった事情を考えれば、いつでも地下の貸金庫にお連れします。もし詳しいことがお知りになりたければ、机の上にそれに関係するものも全部揃えております」

「ええ、ぜひお願いします、大伴さん。まずそれらの詳しい調べから始めましょうか。誰の名義になっているのでしょう?」

「藤島様です」

「いつから?」

「去年の一月からです」

「藤島さんの貸金庫を、健三さんが使ったと言われましたね?」

「その通りです、警部。藤島様は三人が利用できるという契約をされていました。三人のうちのまず一人は藤島様ご自身で、他の二人は長沢様のお孫さんの健三様と栄三様です」

森本はゆっくりとうなずいた。

「分かりました、それは大変興味深い話です」

「はい、しかし、それほど特異なわけではありません。これと同じように、少人数の仲間で利用されるお客さまもいらっしゃいます」

「藤島さん自身か、それとも健三さんか栄三さんのどちらかによって、金庫が開けられたという記録はありませんか?」

「はい、当銀行はこの種の記録について細心の注意を払っています。実際、開けられたのは昨日が初めてでした。昨年一月二十八日に藤島様が申し込みに来られ、その時には確かにお使いになっています。それ以来、昨日まで誰もご利用になられてはいませんでした」

「本当ですか」

「ええ、間違いありません」

「分かりました、それじゃ昨日、健三さんがここに着いたとき、何をしたのでしょう？　開けるにはどんな手続きが必要なんですか？」

「そうですね、警部、とても簡単ですよ。地下に降りて、金庫の番号を係員におっしゃるだけでよいのです。その時、開扉依頼書に署名されており、そのコピーがここにあります。健三様の署名で、その次が十二時十分という時間の記録です」

森本が見えるように、大伴は一枚の書類を差し出した。

「ああそうですか、ありがとうございます。ところで、健三さんかどうかの本人確認は、どのようにしたのですか？」

「係員が写真のある証明書をお願いしますと、大部分の方は運転免許証をお示しになります。健三様が使用を許可されているかどうかを係員がチェックし、確認されたなら金庫を取り出して、地下にある個室で当人にお渡しします。もちろん、その時、鍵は開けていたでしょう」

「健三さんは使い終えてから係員に戻したんでしょう？」

「その通りです。記録には十二時十五分に戻されたとあります」

「そうですか、たった五分間使っただけですか。昨日ここで、健三さんがしたことはそれだけですか？その他、何か記録にありませんか？」

「いいえ、それだけです。私が知る限りでは、昨日は貸金庫をお使いになっただけです。申しましたように、健三様は当店に口座をお持ちではありません」

「ああ、そうでした。それでは、料金は藤島さんが定期的に支払っているんですね？」

「ええ、警部。年四期に分けての支払いとなっていて、毎回きちんと入金されています」

大伴の話した内容をじっくり考えながら、森本はゆっくりとあごを撫でた。

「できれば、藤島さんについてご存知のことを詳しく話していただきたいのですが、大伴さん？」

大伴は別の書類を森本に渡した。

「これらが役に立つと思っていました、警部、藤島様の住所と電話番号です。分かっていることのすべてです」

五分後、森本と鈴木の居る地下の個室ブースに、係員が貸金庫を持ってきた。灰色の小さな長方形の金属容器で、かなりの厚さの札束が入れられる大きさだった。係員は鍵を開け、会釈をして出ていった。森本がふたを引いて開けると、短い方がちょうつがいとなっており、中をのぞきこんだ。

「ふーん…なるほど空だな」

「そうですね」

「特段、驚くことではないな。健三が何かを入れにきたのではなかったのは確かだな」

「ええ、そうですね」

「何かを取り出すためだったに違いなさそうだ」

「明らかにそうですね。もし昨日まで何か入っていたなら、それが何であれ健三が持ち出したに違いありませんね」

森本は空の金庫をじっと見た。

「書物を入れておくには小さいな？」

鈴木はうなずいた。

「ええ、小さ過ぎますね、警部。ペーパーバックの本を丸めて入れようとしても、うまくは入らないでしょう。長沢の赤い革製の本は、少なくともペーパーバックと同じくらいの大きさだが表紙は硬かったと、板東は言っていました」

「その通りだ。とにかく、次に話す必要のある人物がはっきりしてきたな?」

「藤島ですね」

「そうだ、図星だ」

森本は大伴から渡されたメモを見た。

「備前市だな、連絡をとってくれないか?」

鈴木は電話を取り出し、その番号にかけた。数回の呼び出し音の後に男が出た。

「もしもし、藤島ですが」

鈴木は森本に電話を渡した。

「こんにちは、藤島さん。岡山県警の警部、森本と申します。少しお話ししたいのですが、ご都合はどうでしょうか?」

少しの間合いがあった。


「岡山県警? 分かりました、何でしょうか?」

「京都のメトロポリタン・トラスト銀行からかけています。あなたはここに貸金庫をお持ちですね。昨日、長沢為葦さんの孫の一人が、亡くなる少し前に使っていました」

かなり長い間合いがあり、森本と鈴木はため息を聞いた。

「そうですか、知りませんでした。森本警部とおっしゃいましたな?」

「はい、健三さんと栄三さんの事件について捜査をしています」

「そうですか、分かりました」

藤島の声は悲しげだった。

「あなたとお話ししたいと思います、警部。喜んでご協力いたします。どこかでお会いできますか?」

「ええもちろん、よろしかったら、お宅へ行かせていただいても?」

「いいですとも、家はお分かりですか？」

「ええ、住所が分かっております。お差し支えなければ、これからすぐに向かいます。今、京都にいますので、恐らく夕方までにはうかがえると思います」

「結構です。お待ちしています」


銀行を出ようとロビーを歩いていた森本と鈴木は、きれいに髭をそった黒いスーツ姿のがっしりとした男と出会った。

「おお…森本警部じゃないですか、それに鈴木刑事も、お元気ですか？　今どきこんな所でお会いするなんて！」

「ああ、こんにちは、何と泉さんでは」森本は答えた。「お元気ですか？　京都でお目にかかるとは、驚きましたな」

泉は岡山のメトロポリタン・トラスト銀行高島支店の支店長で、森本と鈴木が昨年末、捜査したダイヤのペンダント事件に巻き込まれていた。

「いたって元気です、警部。この銀行の別のセミナーでここに来ています。あなた方は？　岡山県警は今、長沢兄弟の事件で大忙しでしょう。大変ですね？」

「確かにその通りですよ、泉さん」

「その捜査を担当されているのでしょう？」

「ええ、そうです。いずれにせよ、お元気そうで何よりです。ところで…今夜帰る際には、手提げかばんをくれぐれもよく調べた方がいいでしょうな？」

銀行を後にして午後の日差しの中に歩みだす森本と鈴木を、泉はにこやかに見送った。

17　地域特産の味

森本警部と鈴木刑事は、京都駅に向かって足早に引き返した。

「残念だが、今日は京都見物をする時間はなさそうだな」

鈴木は笑った。

「本当に残念ですね、警部。まだ行ってないお寺もたくさんあるというのに」

「ああ、そうだな。しかし、すぐに備前に戻らなければならないな。一番速い方法は？」

鈴木は時刻表を取り出して調べた。二人は通りを左に曲がり、真っ直ぐ駅の南口に進んだ。

「そうですね、一つには新幹線で岡山へ帰り、そこから赤穂線に乗り換えて備前へ行けます。でも、多分もっと速い方法があるはずです。調べてみましょう」

鈴木は時計を見た。

「十二時四十七分発の新幹線ひかりには十分、間に合います。これに乗りましょう」

「昨日、健三が乗った列車じゃないかな？」

「そうです推測通りなら、銀行に行った後すぐに岡山に引き返しています。でも私達は岡山まで帰らずに、新大阪で新幹線こだまに乗り換えて相生で降りましょう。そこから赤穂線を使って備前に行けます。そうすれば三時半前には着きますよ」

「それがよさそうだな。新大阪と相生間のこだまで昼食にしよう」

鈴木の計画に従って二人は十二時四十七分、東京から京都駅に着いた新幹線ひかりに乗車、一時四分、新大阪駅で降りホームのキヨスクで駅弁を選んだ。新幹線ホームにつながっている通路を通り、新大阪が始発のこだまが待っている端のホームへ上がった。朝からの厄介な仕事のため二人とも空き腹を抱えており、こだまに乗り込み半ば空席の車両の席に着くとすぐにも食べたくてたまらなかった。

前の席の背もたれのトレーをおろし、駅弁のふたを開けた。二人は目の前に並んだ色とりどりの料理に期待しながら、割り箸を取り出し二本に割った。

駅弁の半分には白いご飯が詰まり、真ん中に小さな赤い梅干が置かれていた。もう半分にはカボチャやサツマイモ、たくあん、たけのこ、昆布、それにピンクや白色のかまぼこが入っていた。このような標準的なものに加え、多くの駅では地域独自のおいしい素材を使った駅弁が競い合っている。新大阪駅のキヨスクでも、乗客に提供する特産の味を自慢にしている。森本はうなぎのかば焼きを主要メニューにした弁当を選んだ。鈴木はたこのバター焼きにひかれていた。

列車は午後一時十六分に出発した。こだまは新幹線の中で最も古くて遅い列車で、短距離区間を行き来するのに使われている。そして、より速いひかりやのぞみの運行を邪魔しないよう、途中の小さな駅の両端のホームに停車する。森本と鈴木の乗ったこだまは、新大阪を出てから十五分で新神戸駅に到着。さらに数人の乗客が乗り込んで出発すると、周囲の山を抜ける長いトンネルに入った。

森本は空になった駅弁の箱を片付け、ナプキンで手をふいてから深々と椅子に座った。

「ところで鈴木刑事、健三が昨日、電話を誰かに貸したかもしれないという可能性はなくなったな。貸金庫を利用するには、正式な写真入りの証明書が必要だ。だから昨日の正午ごろ、健三自身が京都に居たのは間違いないという結論になるな」

鈴木は、たこの最後の一切れを食べ終えた。

「ええ、そうだと思います」

「ところで藤島に会ってどんなことが期待できるかな？」

「そうですね、警部。長沢の謎めいた計画、つまり二人の孫が互いに心から仲直りをするなら、備前焼の奥義を伝えようと練った計画について、もっと詳しく知りたいものです。二人の孫がかばんを開けた後に取り掛かるように長沢が仕組んだ課題こそが、昨日の二人の行動を理解するカギですよ。ところで、もし二人が本当に和解していなかったのなら、恐らくその奥義を受け継がせない計画だった、ということも忘れてはいけませんね」

「その通りだ。そこで、この計画に藤島が重要な役割を果たしたように見えるのだが、そう思わないかな？」

「確かにそのようですね。その貸金庫は昨年一月二十八日に契約されたと、大伴は話していました。そして板東もまた、昨年初め、かばんを預けるため長沢と岡山のメトロポリタン・トラスト銀行まで同行したと述べています。どちらもほぼ同じころです。かばんを開けた後、健三が京都に真っ直ぐ行っているところから、その金庫とかばんとの間に何らかの関係があったことは明らかなようですね」

「だから藤島が長沢へ協力していたことを暗示しているようだな？　少なくとも計画達成のために手助けをしていたんだ。自分が死んでから三ヵ月以内に孫に与えるようにという指示をつけ、長沢が重いかばんを岡山の銀行に預けていたことは分かっている。なぜ、健三も栄三もどちらも利用できる貸金庫を京都に用意するよう、藤島に頼んだのか考えてみなければならないようだな」

「確かに重要な問題です。兄弟がそのかばんを開けたその日まで、誰も金庫を開けていなかったというのは興味深いところですね。一度、銀行で契約をしたきりで、藤島は二度と訪れていません。ですから、もし昨日、健三が開けたとき何か入っていたとすれば、それが何であれ、去年一月の契約時に藤島が入れたものに違いありませんね」

「兄弟は昨日より前に、貸金庫のことを知っていたかどうか怪しいな?」

「ええ、知っていたとは思えませんね、警部。二人は昨日朝、板東の書斎で祖父のかばんを開け、初めてその存在を知ったと考える方がずっと自然でしょう」

「その通りだろう。それが一番適切な説明のようだ。藤島が健三と栄三には言わないで、二人が利用できるよう手筈を整えたことを示唆しているな」

「ええ、そうですね。ところで、もう一つ興味深いことが通話記録にあります。二人は昨日、藤島とは全く連絡を取り合っていません。少なくとも電話では話していません。かばんを開けた後、藤島に電話をして金庫のことを知ったようにはみえませんね。かばんの中に直接、情報が入っていたに違いありません。兄弟は藤島を全く知らなかったのかもしれませんね」

森本はうなずいた。

「願わくは、藤島が健三か栄三を知っていたかどうかはっきりしてくれればな」彼は言った。「それに昨日、二人が何をしようとしていたのか知っていたかどうかもだ。とにかく、かばんを開けたとき、まさに二人は何を見つけたのだろう? 貸金庫の情報だけだったのかな?」

「ええ…そこが大切な点ですね、警部。恐らく二人は、祖父の書物を見つけられなかったのでしょう。もし兄弟が、かばんを開けてすぐにそれを見つけていたなら、栄三を書斎に残して健三が京都に飛んで行った理由が分からなくなりますよ。その上、二人の役割が、かばんを開けて書物を取り出すだけだったとしたら、祖父が考えたこれまでの計画の核心が何だったのか分からなくなってきます。つまり仲直りしたかどうかという本当の気持ちにかかわらず、兄弟が書物を手に入れることになってしまうのですものね」

「確かにそうだ、鈴木刑事。全ての指示は、長沢が二人の孫にその書物を伝えるために、かなり複雑に見えるお膳立てを考え出していたからのようだ。板東は真の和解ができたかどうかを兄弟に確かめなくても、二人が望めばいつでもかばんを渡せばよかった。しかし、渡された後から段々明らかになったのだが、兄弟二人は書物を手に入れる前に、二、三の試練を克服する必要があったのだ」

「そのような事情が考えられますね。だから、かばんを開けてもすぐには書物を手に入れることができなかったのでしょう。しかし、京都の貸金庫について説明している何かを見つけたに違いありません。十分もしないうちに健三は急いで京都に向かい、一方の栄三は板東の書斎でかばんと一緒に残ることになったのですもの」

「まさにその通りだ。なぜ、そう決めたのかな?」

「そうですね、警部、分かりやすい説明として、健三が栄三に送り返さなければならない情報が貸金庫の中にあるのを兄弟は知ったのです—それは藤島が入れたものでしょう。そして京都に行った健三からこの情報の連絡がくるまで、栄三はかばんを持って書斎を出ることができなかったようですね」

「そうに違いないな。本題に戻るのだが一体、貸金庫の中には何が?　長沢の書物ではないのはよく分かっている、中にうまく収まる大きさではないからな。しかし、書物を手に入れることのできる資料、健三が栄三に連絡しなければならなかったもの、それが入っていたに違いないな」

森本はあごを撫でながら、西明石駅に近づいてスピードを落とし始めた列車の窓の外を眺めた。

「健三の上着のポケットから発見されたカードも忘れてはいけないな、鈴木刑事。六桁の数字がタイプされていたカードだ。藤島が京都の貸金庫に入れていたんだろうか？　これを見つけるため、健三がわざわざ京都へ行ったのだろうか？」

「ふーん…大変興味あるところですね、警部」

18　崩れた対称性

　六桁数字のカードは、健三が訪れた京都のメトロポリタン・トラスト銀行の貸金庫と関連しているかもしれないという、森本警部の推測を考慮しながら、鈴木刑事はパソコンで詳しく検索した。

「その通りです、警部。４０３８８７と数字が打ち込まれている小さな長方形のカードで、健三の上着の内ポケットにありました。確かに京都旅行の目的はそれを得ることだった可能性があります。恐らくそれが貸金庫で見つけたものでしょうね？」

「そうかもしれないな。何かの暗号だろうか？」

「そうですね、二人はかばんを開けたときに、それを知るために京都まで行く必要があると分かったのかもしれませんね。そこで健三が貸金庫を開けてカードを見つけ、栄三に電話で暗号を教えました。その後、戻す理由がないことから、銀行を出る前に上着のポケットに入れたのでしょう」

「健三が知らせたとき、栄三はどうしたのだろう？」

「ええ、一つの可能性として、やっと祖父の書物を手に入れることができたと考えられます。恐らく長沢が板東に話していたように、書物は最初からずっとかばんの中にあったのですが、暗号が分かるまで取り出せなかったのでしょう」

　森本はうなずいた。

「もっともだな。恐らく二人は十時にかばんを開けて書物を見つけたが、その暗号がないとどうしても取り出すことはできなかったのだ。そこで、暗号を手に入れる方法―つまり京都の貸金庫に行くという長沢の指示書を見つけたに違いない。それで二人は直面している状況を何とか理解した後、健三は急いで京都へ行って金庫を開け、暗号を栄三に電話で知らせたんだ。連絡を受けた栄三は、その暗号で書物を無事取り出したんだろう。そして、そのまま板東法律事務所を出て、自分の事務所に戻ったわけだ。もちろん書物もかばんも一緒に持ってな」

「確かにもっともな仮説ですね」

森本はゆっくりうなずいた。

「しかし、もしそれが正しいとしたら、どうして二人一緒にかばんを持って京都に行かなかったのだろう？　貸金庫とかばんの両方を、快適な銀行のブースに持ち込めばよいのに。そうすれば二人で、祖父の書物を取り出すことができただろうにな」

「よいご指摘ですね。栄三は何らかの理由で、板東の書斎に足止めされたように見えます。健三から暗号を知らされるまで動けなかったのでしょうね。実際は、かばんを動かすことができなかったのでは——書斎に縛られていたのは栄三より、むしろかばんの方だったに違いありません。長沢はきっとそのような手筈にしたのでしょう」

「ああ、そのようだな。その上、時間的な要因もあったに違いない。そうでなければ、どうして健三は暗号を栄三に電話で伝えずに自分で岡山まで持ち帰らなかったのだろうか？　時間に追われてさえいなかったら、健三は暗号を持って板東の書斎に戻れたはずだ。そうすれば、かばんから書物を取り出す際に栄三と一緒に居ることができただろうに」

「それもまたいいご指摘ですね。健三は慌てて京都へ向かっています。そして分かるとすぐに栄三に連絡していました。きっと時間的な制限があったのでしょう。岡山に帰って来られるほどの余裕がなかったことを示していますね」

「きっとそうだろうな」

「その推測は、長沢の指示で健三がすぐに京都の貸金庫に行った場合にだけ、かばんが開けられるように設計されていたという当初の推論と一致しますね。かばんは休日でない平日の十時に開けなければならないと指示し、無理のない時間内に健三が暗号を手に入れられるよう配慮されていました。暗号を使うまでに時間制限があったという私達の推測が当たっているなら、もしも夜かばんを開けていたら困ったでしょう。その時には京都の銀行が、どんなに早くても次の日まで開かないのですものね」

「全くその通りだ、鈴木刑事」

姫路駅を出ると、列車の右手遠くに姫路城が見えた。西へ行けばいくほど、桜の花は着実にきれいになっている。森本はいつも列車の旅を満喫しており、鈴木とともに長沢の謎めいた難解な計画を解き明かそうと真剣に取り組んでいながらも、申し分のない春の日の美しい景色を決して見逃すことはなかった。

「ところで、健三と栄三のどちらも、京都の貸金庫に出入りできたということは面白いな?」

「そうですね、警部、長沢は対称的に物事を配置しています。かばんが開けられた際には、健三も栄三も岡山の板東の事務所に居なければならなかったし、京都へは二人どちらも行けたようです。つまり二人ともメトロポリタン・トラスト銀行の貸金庫へ入れたのです」

「しかし、健三が岡山を離れ、栄三が板東の書斎に残ったときに対称性は崩れたわけだ」

「そうです、兄弟が別行動をとった時点で終わったのです」

「対称性を必然的に中断させるのが、長沢の計画の絶対的条件だったのだろうかな? それまである程度抑制を失って兄弟が仲たがいをしていたとしても、頼り合わなければならないようになっていたんだな。長沢の謎の計画の裏に潜んだ基本的な目的は、互いに信頼し合うことが必要になるよう、無理やり兄弟を別々にさせることだったのかもしれないな?」

「ええ確かに、どちらが京都へ行くか決める必要があったようですね。もし暗号についての推測が正しいとしたら、それを調べるために兄弟のうち一人が京都の貸金庫へ行かねばならなかったでしょう。従って、どちらが行くかを決めなければなりませんでした。その際、何らかの合意に達する必要があったでしょうね。それ自体、二人の間でかなり協力し合わなければならなかったに違いありませんね」

「ああそうだろうな。二人が直面していた時間制限が我々の想像通りだとしたら、かなり急いで合意する必要があっただろう。もし、どちらが京都へ行くかについて長い時間議論をしていたら、二人とも祖父の書物を得る機会を失ってしまうんだからな」

「そうですよ」

「そこで、どちらが京都へ行くかを、どのようにして決めたと思うかな？　京都へ行く者と、反対に岡山に残る者との、相対的な優位性と、逆に不利な点はどんなところだろう？」

「そうですね、警部。私達の仮説では、岡山に残ることで大きな利益があるのははっきりしています。書物を先に手に入れることができるからです。京都からの連絡で暗号さえ分かれば、岡山に残っていた方はかばんから書物を支障なく取り出せたでしょう、しかも、たった一人だけで。もう一人は二百二十キロも離れた京都だったんですからね。ところで岡山に残った方が、板東の事務所から書物とかばんを持ち出して独占するのを思いとどまらせたものは何だったのでしょうか？　どのようにして、岡山に残った一人が、京都へ行ったもう一人を裏切らないようにしたのでしょう？」

「確かに、そうだ。全くの見当外れでないとしたら、長沢が仕組んだ込み入った計画の裏にある重要な点をやっと突き止めたようだ。兄弟へあてた手紙には、心からの和解がなければ書物を得ることはできないと忠告しており、長沢は自分の計画で二人が本当に仲直りしているかどうか試してみたかったのだ」

「ですから、兄弟が和解しているかどうか調べるよう、板東に頼まなかったのです――二人が窯元を統合して互いに協調し始めているかどうかをですよ。長沢は、板東が二人の孫からかばんを要求されたときに、すぐに渡してしまうことに何の不安もなかったのです。というのは、本当に仲直りできているかどうか、本質的に分かると信じていたからですね。兄弟が信頼し合っていることを試すのが計画の中心であり、書物を手に入れるにはそのテストに合格する必要があったのですよ」

「まさにその通りだろうな。仮説が正しいなら、兄弟は昨日朝、顔を合わせざるを得なかったという状況は理解できるな。書物を期待してかばんを開けた二人は、見つけるには見つけたに違いない。だが一人が急いで京都へ行って暗号を知らせてくるまで、本当に手に入れることができなかったわけだ。書斎に居る間、どちらかが京都へ行かなければならないという事態に気付いてきたに違いない。また、それを決めるのに時間をかけることもできないと分かっていただろう。そして岡山に残った方は、自分だけで書物を手にする機会があり、別の一人を出し抜くことができると、二人とも確かに気付いていたんだ。従って、兄弟二人が書物を得るためには、どちらか一人が京都へ行くことを承諾する必要があり、しかも他の一人がその間に書物を持ち去らないことを信じざるを得なくなるわけだ」

「そうです、警部。もし二人とも仲良くやれるまでになっておらず、信頼し合うことができないならば、どちらも快く板東の書斎を離れて京都に行くことはないだろうと、長沢も見通していたに違いありません。その場合、書斎に一緒に残ってどうするか論争し合い、あげ句の果て、どちらも祖父の書物を手に入れることができなくなったでしょうね」

「どうもそのようだな。実のところ、状況をもう少し注意深く見たなら、兄弟双方が必ずしも信頼し合っていなくてもよかったようだな。つまり、どちらか一方が相手を信頼してさえいれば、書物は手に入れることができたんだ。もし一人が他の一人を信じたなら、信じた方は喜んで京都へ行くということだ。岡山にとどまった一人が、京都へ行ったもう一人の方を信頼していたかどうかは問題ではない――つまり岡山に残った方は、心底から和解することは必ずしも必要だったわけではない。しかし、二人とも信頼していなかったなら、どちらも書斎を離れようとせず動きが取れなくなるところだったな」

「その場合には二人とも書物を失ったでしょうね」

「そうだ。長年の経験と知識をどのようにして孫に伝えようかと熟考していた状況を思い起こしてみるなら、どうしても長沢が取り組まざるを得なかった謎を楽しむことができそうだな。二人の孫が本当に和解したかどうか、どのようにして試したのか？　ただ単に尋ねられたとしたらどうだろう？　もし板東に兄弟の行動を観察するよう指示していたなら？　二人が本心を偽り、板東を欺くために互いにうまくいっているふりをする可能性はあるな。もし長沢が兄弟の窯元を合併するように明記していたらどうなるだろう？　そうだな、きっと祖父の要求を満たして奥義を手にするために、そうするだろうな。いったん祖父の知識が手に入るやいなや、敵意を再び露わにすればいいわけだからな」

「そうでしょうね」

「そこで長沢は、兄弟の感情の本性が見極められるもっと確かな方法を考えたに違いない。自分が仕向けた通り二人が和解、心底からの仲直りをしているかどうか、簡明で確かな方法で試してみたかったのだ。そうするために、どうしたのか？　もし本当に双方の思惑の違いを埋め、協力しあって見事な備前焼を制作するよう準備していたとしたなら？　それは信頼し合っている核心部分に達したという意味だろうな。長沢は兄弟間で最後には互いに信頼し合うところまで到達したかどうかが、本質的な問題だとはっきり分かっていたに違いないな」

「それでは計画の本質は、二人が信頼し合っているかどうかを試すことを軸に展開していたのですね？」

「まさにその通りだ。互いの信頼度を試すこれ以上の方法はないだろうな。つまり兄弟の一人が、もう一人の方に持ち去られる機会をみすみす与える可能性があっても、裏切られずに書物を共有できると信じることが、それを手に入れる唯一の手段であるように仕組むことだったのだ。長年競い合ってきた二人だが、どちらか一人がもう一人の方に祖父の知識を委ねることを自から申し出さえすれば、この伝来の奥義や経験を使って今後もずっと見事な備前焼を作ることができるんだ。長沢は自分が仕組んだこの巧妙な計画のおかげで分かっていたんだ。この確信があったから、唇に微笑を残して死に臨むことができたんだろうな」

「その通りだと思いますね、警部。その点を考慮すれば、葬儀の後に板東が読んだ、健三と栄三にあてた長沢の手紙が意味をなしてきたのです。二人にかばんの中の書物を渡したいと書かれていましたが、同時に、心からの仲直りでないなら、それを手に入れることはできないと警告していました。ここに来て、その意図したことが正確に理解できます。長沢は手紙を書いているとき、かばんを開けた際、二人の孫が信頼し合えるようになっていた場合にだけ、首尾よく乗り越えていけるハードルを与えることを考え付いたのですね」

19　備前焼の地

森本警部と鈴木刑事が、相生駅で新幹線こだまを降りたのは午後二時十三分だった。新幹線ホームを出て駅中央ロビーへ行き、自動券売機で備前までの切符を買った。ここから先、二人は東端の相生から西の終点の岡山間を、新幹線軌道から南へカーブした路線で結んでいる赤穂線で、備前まで行くことになる。

新たな列車は赤穂線ホームで待っていた。二時二十七分の出発時刻まで、席を選ぶ時間はたっぷりあった。短い列車は田園地域を曲がりくねって進み、小さな町にひんぱんに止まった。森本は、それまで乗っていた新幹線とは全く異なる列車の旅を楽しんでいた。備前地域に入ると、列車の窓の外を通り過ぎていく春の日差しを浴びた桜の花にとりわけ関心を払った。岡山市内と同じように、備前地域の桜も見ごろとなっており、その満開の見事さは息をのむばかりだった。

二人は三時十八分、備前市の伊部駅で降りた。駅を出ると、印象的な滑らかな石壁の外観を持つ備前焼物美術館があり、道路を隔てた反対側には旅行者の一団が集まっていた。その朝初めて知ったのだが、この美術館の理事には、備前焼の熱烈な支援者で有能な法律家でもある板東も名を連ねている。だが美術館を訪問して見事な備前焼を鑑賞することは、二人のこの日の日程にはなく、代わりに駅前で客待ちをしていた紺色のタクシーに乗り込んだ。

鈴木が差し出したメモを、青色の制服と制帽姿の運転手が振り向き、白手袋の手で受け取った。それには藤島の住所があった。

「分かりました」運転手は言った。「大丈夫です。閑谷学校の近くで、二十分くらいです」

タクシーは滑らかにスタートした。午後のそのころの交通量は少なく、森本と鈴木は道筋に並んでいるたくさんの備前焼の店を、車の窓越しに見ながら静かな街を進んだ。各店舗の大きなショーウインドーには様々な備前焼が飾られ、また昔ながらのかやぶき屋根の家も見られた。街の中心から郊外へ進むと、窯の上にそびえる高い煉瓦の煙突を持つ工房がたくさん目に入った。何本かの煙突からは、澄み切った青い空に煙が立ち上っていた。

森本と鈴木はほとんどしゃべらなかった。風景を楽しみながらも、今から会う藤島との会話でどんなことが分かるのだろうかと期待していた。十五分ほどして運転手がスピードを落とし、車の中から有名な閑谷学校の入り口を指し示した。三百年以上前に創設され、社会的身分に関係なく一般庶民誰にでも開かれた学校としては国内初のものだった。昔の建築技術の粋を見事に現す石造りの塀に囲まれた美しい山あいにあり、何本もの壮麗な古木、そして茶色と灰色の古来の備前焼の屋根瓦の講堂があった。

タクシーは閑谷学校近くの小さな農村に入り、道の端に止まった。二人が運転手にお礼を言って降りると、タクシーは向きを変え備前へ帰っていった。後は、ほぼ完全な静寂に包まれ、ただ聞こえるのは、木々に止まっている鳥のさえずりと、飛び交う羽音だけだった。

二人は道端に暫く立ち止まって、田園のきれいな空気を胸いっぱい吸った。

「こんな所に来ると、都会での生活がいやになってしまうな」森本は話しながら、青い屋根瓦のつましい二階建ての家に向かってゆっくりと歩いた。

家の前のきれいに刈られた芝生の真ん中に、見事な桜の木が一本そびえていた。頑丈な幹が芝生の上高くに立ち上がっており、太い枝が水平に四方八方へと伸びていた。その太い枝から、花の咲いた細いきゃしゃな枝が垂れ下がり、地面にまで届かんばかり。優美な淡いピンクの花は、澄み渡った鮮麗な青い空を背景に輝きを際立たせていた。

みかんと柿の木も、庭の一角にあった。しかしながら、これらの鮮やかなオレンジや色づく果物は、秋になるまで実を結ばない。家は一方にバラ園、もう一方は、はしりの玉ねぎや大根、キャベツのうねが見られる野菜畑に囲まれていた。家の後ろはなだらかな上り勾配の竹やぶがあり、午後に時折発生するそよ風に軽く揺らいでいた。

森本と鈴木が近づくと表戸が開き、突っ掛けをはき、えんじ色のゆったりとした手編みセーターを着た年配の男が戸口に現れた。

「森本警部ですな？ タクシーが来たので分かりました」

「初めまして、藤島さんですね。森本です、それに鈴木刑事です。お時間をとっていただきありがとうございます」

「どういたしまして、警部。京都からの旅はいかがでした？」

「ええ、楽しい旅でした、本当に。こんなに素晴らしい天候に恵まれ、野山には桜が満開でとてもきれいでした」

「おお、そうでしょうな」

「それにしても全く見事です。最も大切なものがここにはありますね、藤島さん。道を歩いてきて感激しました」

「ありがとうございます。それほどまで言っていただき光栄です」

藤島は前の芝生にある桜を満足そうに眺めた。

「本当によい日を選ばれたものです。この桜は今が一番美しい時です。これは一両日しか持ちません。葉が目立ち始めたら、緑色が桜の花と交じって効果が少し損なわれます。もし明日が雨なら、大分散るでしょう。でも、今日はほぼ完璧でしたな。今朝早く、写真を撮りました。カメラを三脚に据えて、早朝の陽光の中で写しました、色合いは一日のその時間が、とりわけ素晴らしいのです。毎年何枚か撮っていますが、今年はその中でも最高だと思います」

森本と鈴木はうなずき同意した。

「全く立派なものです」森本は答えた。「庭の手入れも行き届いて、並大抵ではないとお見受けしました。大変なお手間と努力を費やしていることは明らかで、期待通りの成果をあげていますね」

藤島の笑み顔はさらに広がった。誇り高い園芸家がみんなそうであるように、激賞してくれる者にその苦労を誇示できることは痛快なもの。森本の賛美の言葉に明らかに気をよくしていた。

「ええ一生懸命やってはいるんですが、警部」藤島は控えめに言った。「しかし年には勝てませんよ。ひざが昔のようにはいきません。気を許すとすぐに雑草が生えてきますからな。とにかくお入りになってください」

藤島の案内で、森本と鈴木は家に上がった。玄関廊下の右側のふすまを開けて入ると、かなり大きな畳の部屋があった。藤島に続いて二人は部屋に入り、低いテーブルの周りに並べられた座布団に座った。

テーブルとテレビを除けば、他には何も家具はなかった。唯一、床の間に置かれている細く背の高い壺に、二人が称賛の目を向けていることに藤島は気付いた。

「その壺は長沢為葦先生が作られたものです」藤島が言った。

彼の黒く日焼けした顔には、たくさんのしわがあり年齢の積み重ねが表れていたが、いったん焼き物の話を始めると目に輝きがよみがえった。

「他にも先生の作品を持っていますが、この壺が一番気に入っています、決して見飽きることはありません。朝一番に見るとき、いつも心を和ませてくれます」

「実に立派なものです」森本は言った。「そうだろう、鈴木刑事」

「ええ、そうですね、実に美しいですね…本当に。美術館の作品のようです」

「備前市の美術館には、先生の作品がたくさん展示されています」藤島氏が言い添えた。「最高傑作のいくつかが寄贈されています。大変よく管理されており、十分に訪れる価値があります。土の選別や混ぜ合わせから窯焚き、窯出しまで備前焼制作の工程すべてが分かりやすく説明されており、出来上がった様々な種類の逸品が並べられています」

「あなたご自身で備前焼の仕事をなさっているのですね、藤島さん?」森本は尋ねた。

「ええ一生の仕事です。私は為葦先生の弟子でした。何かにつけ、人生すべてをこの備前焼にかかわって過ごしてきました。この家で生まれてここで育ちました。成長してからも、この仕事以外やりたいと思ったことはありません。いつも焼き物のことに夢中になっており、学校を終えるとすぐに先生の工房で働き始めました。私の知るすべては、先生から学んだものです。売買についても教えていただきました。一緒に仕事ができたのは大変な名誉でした」

「本当に得難い貴重な体験だったんでしょうね」

「そうですな、先生から教えを得るチャンスがあったことはとても幸運でした。私のこれまでの人生ほど、幸せだった者はいないでしょうな。先生のような巨匠から教えを受けたと公言できる作家は多くはいません」

「長沢さんのことはきっとよくご存じだったんでしょう、藤島さん」

「もちろん、四十年以上一緒に働いてきました。先生は私より二十五歳年上でしたが、こと備前焼となると、その気力と活力は決して衰えてはおられませんでした。今年初めに亡くなられたときには大層悲しみましたが、しかし先生は死の準備をされていたのです。そのような充実した人生であり、きっと心安らかなものだったに違いありません。そして何と貴重な遺産を、私達に残されたのでしょう。手がけられた作品は、いつまでも生き続けていくのですからな」

藤島は背の高い壺をもう一度見た。

「ええ、全くその通りです」森本は同意した。

突然、藤島はため息をついた。

「ところで、なぜここに来られたか、もちろん分かっています、警部。健三さんと栄三さんのことでしょう。昨夜のテレビで、二人が亡くなったことを知りました。何と恐ろしいことでしょう、悲しいことです。もし祖父である先生が生きておられたら、どんなに落胆されたことか。二人に一体何があったんですか？　今朝の記者会見では何か毒のことをおっしゃっていましたが、本当にそれで二人が亡くなったのですか？　自殺だったんでしょうか？」

「そうですね、まだ詳しいことは分かっていません。しかし二人とも殺された、という可能性はかなり高いと思われます」

藤島は打撃を受けたようだった。

「何と恐ろしい…本当に恐ろしいことだ。全くいやな事件です！　どんな問題が二人の命を奪うことになったのでしょうか。二人はいつも競い合っていました。それは内証の事ではありませんし、その仲たがいは兄弟の祖父を大いに悲しませ大変困惑させていました。私が見習いとして先生のもとで働き始めたころ、作品は作家の心の中を映し出すものであると、最初に教わりました。焼き物を作っているときには、心の中を隠すことができないからです。最高の備前焼を作るには、事実いつも冷静で穏やかな気持ちでいなければならないと、先生は常々強調しておられました――ゆったりと寛いで、落ち着いた心でいなくてはならないのです。お分かりでしょう、備前焼はそんなにも人の本性を反映するものですからな。何百年、何千年もの長い間、そこにあった田圃の下から土を掘り出すのです。その土こそ全てなのです――焼成と作家自らの感性とで自然の色合いを醸し出す、その土なのです」

森本はうなずいた。

「ええ、よく分かりました」

「個人の魂は焼き物の中に生きている、という教えを、先生は私の心に植え付けられました――その魂が土の加工を通して焼き物の究極の作品へと変わっていくのです。先生ご自身、怒ったり悩んだりされておられたときには、決して土には触れられませんでした。何かの理由でひどく不機嫌なときには、工房の近くにさえ寄り付きませんでした。全く平静で穏やかな心持ちのときだけ、仕事に取り掛かっておられました。そんなわけで、いかに心から愛し可愛がっていたお孫さんとはいえ、二人の間にそれほど強い憎しみがありながら、焼き物制作をしようとする考えにはただただ我慢できなかったのです。とても耐えられなかったのです。それが、晩年ずっと先生を悩ませることになったのです。作家として勝ち得た自分のすべての経験を、二人のお孫さんに心底、受け継がせたかったのです。でも、もしも二人が互いにそのような憎しみの感情を持ちながら、その知識を利用しようとするなら、どんな自分の技術も二人に安易に伝えることは到底考えられませんでした」

「長沢さんにとって、きっと頭の痛い問題だったに違いありません」森本は同情した。「ところで今朝、長沢さんの顧問弁護士をされている板東さんにお会いしました」

「ええ、その方ならよく存じ上げています」

「板東さんも、二人のお孫さんに対する長沢さんの気持ちをずいぶんと説明され、互いに仲良くできない間はその奥義を伝えることを、いかに渋っていたのかということを同じように言われました。その一方で、亡くなる直前に長沢さんが、自分の備前焼制作のライフワークから学んで蓄積した技術と熟練のすべてを書き記していた書物を見せてくれていたことも、板東さんは話されました」

藤島はうなずいた。

「はい、警部、その本なら私も先生に見せていただきました」

「そうですか、それは赤い革表紙の小さな本だったと、板東さんは言われていました」

「ええ、それです」

「それじゃ、あなたもその本を見られたんですね、藤島さん？」

「はい、拝見しました」

「ところで、それは長沢さんが亡くなった後、兄弟に譲るためにかばんに入れていたと、板東さんは説明されました。長沢さんは自分の死後、かばんを受け取る兄弟の状況に関連してかなり詳しい指示を板東さんにされています。それらの手筈を知っておられますか？」

「もちろんです、警部。かばんのことはすべて承知しています、と言うのは、作ったのはこの私なんですから——」

20　巧妙な仕掛け

前日、健三と栄三の二人が板東の書斎で開けたかばんについて、その詳細を知っていると藤島が明かしたとき、森本警部と鈴木刑事は備前市郊外の山あいにある藤島の心地よい家と庭への訪問が、非常に有意義なものだったと確信した。

「為葦先生が手提げかばんを準備するよう、私におっしゃいました」藤島は説明した。「決して他人には話さないようにと、口止めをされました。しかし、兄弟二人とも亡くなってしまいました…これ以上、秘密にしておく必要はないでしょう」

「それはありがたい、すべてを話していただければ」森本は言った。

「分かりました。先生もきっとそう望まれているだろうと思います」

藤島はしわのよった顔に感情を表さず、淡々と説明を始めた。

「私のことから話を始めましょう」藤島は言った。「私はガレージの端の小さな作業場で、時間があるときにはいつもよろず修繕をやっていました。時折、私が扱える片手間仕事があれば、先生の仕事もやっていました。とにかく、警部がおっしゃっているかばんは、そこで私が作ったものです。昨年初め作業をしました、そんなに時間はかかっていません。先生がすべてお考えになって、指示された通りです。どうするのか綿密に説明してくださいました」

「そのかばんを作ったと言われましたが、正確にはどういうことですか、藤島さん？」

「ええ、私がかばんの中に細工をしました。岡山市内のデパートで買ったごく普通のビジネスマン用の手提げかばんで、特に変わったものではありませんでした。しかし、中にちょっとした仕掛けをしました。先生はかばんの仕掛けをどうしたいか言われましたが、実際の設計は私が考え出さなければなりませんでした。最も重要なのは、かばんの内側に取り付けた頑丈な金属容器で、その中に書物を入れました。もし手荒にいじろうとすると、容器の中の書物が燃えてしまうガスボンベと発火装置を取り付けたのです」

鈴木は息を飲んだ。

「ええ、すべて先生がはっきりと指示されました」藤島は説明した。「もしガスが発火したら、書物は黒焦げになって消え失せてしまう仕掛けにするよう、私に依頼されたのです。それから、ああ、そうです、タイマーも。かばんが開けられてからの後の指示は、ガスが自動的に発火して書物が焼失するまで三時間の猶予をもたすことでした」

森本と鈴木はじっと聞き入り、藤島の顔を真っ直ぐ見つめた。

「ですから警部、かばんが開けられタイマーがスタートした瞬間から三時間の秒読み、それは先生が指定された制限時間ですが、その時間に設定しました。もし書物を封印した金属容器のタイマーの残り時間がゼロになるまでに開けられなかったら、ガスが自動的に出て発火、書物は完全に焼け焦げてなくなってしまいます。それが依頼された計画でした」

「それでは、三時間が経過する前に、どのようにして開けて書物を取り出すのですか?」森本は尋ねた。

「暗号が必要になります。容器の鍵に小さなキーパッドが取り付けられており、正しい六桁の数字を入力したなら、鍵が外れてタイマーは止まります。そこで京都の貸金庫が登場するわけです。今日、京都の銀行に行かれたと言われましたな? 電話をされたのはそこからだったのでしょう?」

「その通りです、藤島さん」

「それも先生が指示されたことです。その銀行の貸金庫を契約して、その中に暗号の数字を書いたカードを入れるように言われたのです。多分、お分かりでしょうが、私だけでなく健三さんも栄三さんもどちらも、それを利用できるよう銀行の手続きをしました。すべて秘密裏に行われることになっていたのです—先生はかばんのことも金庫のことも、絶対に口外しないようにときつく言われました。もちろん、暗号を知った人は誰でもかばんを開けて容器の鍵を外し、カウントダウンを止めることができます。しかし暗号がなければ、容器を開けて書物を持ち去ることはできません。私はその点は十分確認しました」

森本はうなずいた。

「ええ、藤島さん、よく分かりました。非常に興味深いことです。何と奇抜なかばんでしょう」

「まあ、先生が望まれたのです。かばんの中に水準器をつけるようにという指示もありました。それは、一度かばんが開けられてカウントダウンを始めてから、もし動かせば書物はすぐに焼失するというものでした。そのためにガスボンベや発火装置と一緒に、水準器を取り付けたのです。かばんはテーブルの上に水平に置いて開けられるように作られていました。水準器はそれが動かされることを探知するのです。もしかばんを開けた後に、少しでも動かせばガスに点火して書物が灰になってしまうのです」

「分かりました、藤島さん、なかなか巧妙な仕掛けですね。そのように組み立てることは大変な作業だったでしょう」

藤島は肩をすくめた。

「いいえ、そんなには難しくはなかったですな、いったん計画している基本設計さえ分かってしまえば。私はいつも先生の工房の便利屋をしていました。何か問題があったとき処理するのが私の仕事で、備品器材、とりわけ窯の保守に当たっていました。分かっていただけるでしょうが、四十余年間このような仕事をしていたら、かばんの細工をするぐらいはそんなに手間取りませんでした」

「いつそれをやり終えたのですか？」

「昨年初めです。確か一月末ごろだったと思いますが、先生が取りにこられて、すぐに持っていかれました。どのように動くか説明し、何回か試してみました。大層ご満悦でした。様々な知識が書かれている赤い革表紙の書物を持ってこられていましたが、かばんが希望通り動くことに得心された後、その書物を金属容器に入れてロックされました。それに、かばんがどのように作動するのか、京都の銀行から暗号を手に入れる方法などについて、孫への指示書を入れた封筒も用意されており、それも閉める前にかばんの中にお入れになりました。かばんは先生がお持ち帰りになりましたが、それ以後は見ていません」

森本はあごをゆっくりと撫でた。

「それでは、長沢さんが持ち帰ったときには、書物はかばんの中の鍵が掛かった金属容器に閉じ込めてあったんですね」森本は言った。

「その通りです、警部。書物は全く安全でしたな。ただし、三時間以内に暗号の数字を見つけられない者や、その立場にない者が、かばんを開けようとさえしなければですが…」

「長沢さんとあなたの他に、そのかばんについて知っている人がいましたか？」

「思い付く限りいませんな。私は誰にも話さず、固く口を閉ざしていました。そうするようにと先生から言われていました。しかし、先生が他の誰にも言われなかったかどうかは分かりませんな」

「もちろん話してはいないでしょう。京都の貸金庫を開設するさいにも、指示に従ったとおっしゃいましたね？」

「そうです、先生からそうするよう頼まれたのです」

「いつ京都の銀行へ行って、手続きをしたのですか?」

「えーと、先生がここへかばんを取りに来られる前でした。というのは、健三さんと栄三さんがかばんを開けるさいに伝える指示に書き込むために、金庫の番号が必要だったからです。正確な日付は忘れましたが、昨年一月下旬、手続きのために私が京都に行ったのは間違いありません。また、先生は自分が死んでから三ヵ月が過ぎるまで借りておいて、それ以後は支払いを止めて解約するようにと言われました。実際に一月に亡くなられましたから、三ヵ月の期間は来月満了になります。来月の使用料を払ってから解約するつもりです」

「そうですか」

言葉がしばらく途切れ、庭の木々や竹やぶに居る鳥のさえずりが、開いた窓を通して聞こえてきた。

それから藤島はため息をついた。

「今日、電話があるまで…」彼は言った。「先生の二人のお孫さんが、かばんを受け取っていたかどうか知りませんでした、その一人が京都に行ったこともです。しかし、いつも気にはなっていました。そこで昨夜、二人が死んだと聞いて、これまでの一連の出来事を思い起こしました。今日、京都からの警部の電話で、その貸金庫についての全容をご存知だと知らされ、すぐに昨日、兄弟に起きたことと関係しているに違いないと想像しました。お孫さんの一人が、京都へ行って開けたとおっしゃいましたな?」

「ええ」

「それは死ぬ直前のことに違いありません。兄弟どちらですか?」

「健三さんです」

「健三さん、お兄さんですな」

森本は再びあごを撫で、藤島の顔を観察した。

「どうしてそんな手の込んだかばんが必要だったの

か、長沢さんから説明がありましたか?」

「はい警部、少なくとも計画の概要については、説明を聞いています。もちろん、かばんを作っている間、その裏に潜んでいる目的やその効果について大いに考えました。全貌はつかんでいないかもしれませんが、先生が望まれていたのは、兄弟どちらか一人が京都に行って暗号を調べ、岡山にいるもう一人に電話で連絡、その暗号の数字でかばんの容器の鍵を外して、書物を無事に取り出させることだったのです。その考えは、書物を得るために兄弟は、互いを信じて力を合わせる必要があるということでした。とにかく先生はそう説明されていました。すべては兄弟二人に、互いに真の信頼関係を築かせるために仕組まれた計画でした」

「ええ、そうだと思いますよ、藤島さん。全くその通りです」

「正直に申しますと、それはあまりにも巧妙過ぎて、私にはとてもそのような複雑な仕掛けを思い付くことはできなかったでしょう。しかし先生は大変独創的な方で、自分の計画を楽しんでおられるようでしたな」

森本はうなずいた。

「いつも二人のお孫さんに、互いに信じあうことの大切さを教えようとされていました」藤島は続けた。「兄弟どちらかが工房を訪ねてきたときには、いつも二人が仲良くするようにと心底願い、信頼しあうことの重要性を折に触れて強調しておられましたな。陶芸業界で成功するためには、互いに助け合うことを学ばなければいけないと、何度も繰り返し二人に話されていました」

「あなたは二人をよく知っていましたか、藤島さん?」

「よくは知らなかったのですが、二人とも私を知っており、何度も会っていました。子供のころは頻繁にお祖父さんの工房に来ていたものでした。そのころはもっと見かけていました。しかし大きくなるに連れて、あまり寄り付かなくなりましたな。お祖父さんが亡くなられてから二人には注意を払っていましたが、いつか仲良くやっていけるのかと気掛かりでした。二人はまだ、それぞれ別の窯元を経営していました。しかし、何回か一緒にいるところを見たと聞いています。確かに言えることは、二人は業界の中で心安い知人には決して不足していないことです。お祖父さんのためにも、多くの人が喜んで二人を援助しようとしたでしょうに」

「それじゃ、祖父の死をきっかけに、健三さんと栄三さんが仲直りをする兆しがあったと考えられますか?」

「まあ先月ごろに聞いた噂では、二人の関係が本当に打ち解けたものになった兆しもありました。結局は警部のお話のように、健三さんが昨日、貸金庫に行きました。そこから弟に電話をして暗号を伝えたのなら、多分お祖父さんが望まれた通り、兄弟は互いに信頼し合ったわけですな。その点では先生の計画は成功したといえるのでしょう? ところで今日、金庫を開けたとき暗号は中にあったのですか?」

「いいえ、全く空でした」

「ああ、そうですか、何もなかったのですか? ええ、私が小さな白いカードに暗号の数字をタイプしました。昨年、貸金庫を開設したときに、そのカードだけを入れておいたのです」

森本はゆっくりとうなずいた。会話が少しの間途絶えた。一台の車が外の道路を通り過ぎていった。

「ところで、藤島さん、昨日は何をしていましたか?」

「昨日、私ですか? ええ、ずっとここでした。庭に居ました。このところ、あまり外出していません。今、晴れ間が続いているので、できるだけ庭に出るようにしています。野菜畑で私がどんなに忙しくしているか、とても分かってはいただけないでしょう」

「ここに一人でおられたのですか?」

「いいえ、一日中、妻と一緒に居ましたな。今は留守で、残念ながら会っていただけませんが。今日午後から、備前の町に買い物に行っています」

21　孫娘の愛子ちゃん

森本警部と鈴木刑事は快適な畳の部屋に、藤島と一緒に座っていた。家の表のドアが開き、誰かが靴を脱ぐ音が聞こえた。

「こんにちは、お祖父ちゃん」小さな女の子の声がした。

磨かれた廊下をはねるような足取りで入ってきた少女は、開け放たれた畳の部屋に、祖父が客と一緒に居るのを見て、あわてて立ち止まった。

日に焼けた藤島は、相好を崩した。

「ああ、愛子ちゃん。森本警部と鈴木刑事さんじゃ。こっちに来られぇ…恥ずかしゅうないで」

愛子は畳の部屋に入り、森本にお辞儀をした。

「こんにちは」

それから鈴木にもお辞儀をして、あいさつを繰り返した。

「こんにちは」森本と鈴木は答えた。

愛子は学校の制服姿で、濃紺の上着にプリーツのスカートを着て、白のブラウスに白い長ソックスをはき、首にはダークレッドのスカーフを巻いていた。長い黒髪を二本に束ね、お下げにして頭の両側におろし肩まで垂らしていた。

「こっちに来て、お祖父ちゃんのそばに座られぇ」藤島はうれしそうに言った。

愛子は祖父の隣に座って、森本と鈴木を物珍しそうに見つめた。

「孫娘を自慢できるのも、そうあることではありません」藤島は言った。「愛子です。道を少し下った所に住んでいます。なんぼになったんかな?」

「十一よ、お祖父ちゃん」

「ああ、そうじゃったな、いっつも忘れてしまうな。何年生かな?」

「来週から小学校の最後の学年が始まるんで」愛子は一つ一つ丁寧に答えた。

「ふぅん、もうそんなになるんかな。今日は何で制服を着とるん？　まだ休みじゃろ？　学校じゃなかろぅ？」

「まだ学校は休みで。でも今日は友達と一緒に、新学期の準備をしている先生の手伝いなんじゃ。学校の動物にえさもやったんよ」

「うさぎなんかは、食べんわけにいかんけんな」

「めんどりや、おんどりもおるんよ」

「ああ、そうじゃな」

「池にゃ鯉も」

「ああ、そうかぁ」

「大きい金色の鯉でぇ」

「ところで、本当に私の時代からは、ものすごく進歩していますな」

藤島は、森本と鈴木を見て微笑んだ。

「私も子供のころ、同じ小学校へ通っていました。息子も行きましたし、今、孫娘が通っています。かなり変わりました。この前、運動会に行きましたが、教室にはパソコンがたくさん並んでいましたな。昔はなかったのですが」

愛子は戸惑い気味に祖父を見た。

「パソコンがのぅて宿題はどうやってしょうたんで、お祖父ちゃん？」

森本と鈴木は笑った。藤島も孫娘に向かってにっこりとした。

「森本さんと鈴木さんは岡山の警察から来られたんで」彼は孫娘に言った。「一生懸命勉強しょうたら、いつか刑事さんになれるかもしれんで」

愛子は首を横に振った。

「ううん、うちは、お祖父ちゃんみたいな陶芸家になるんじゃ」

「ああ、そうじゃった、備前焼を作るんじゃったな。

まだ気持ちゃ変わってないんじゃな?」

「ずっと変わらんでぇ。必ずなるけん」

この答えを聞いた藤島は至極上機嫌のようだった。

「一番好きな科目は何かな、愛子ちゃん?」森本は尋ねた。

愛子は口をすぼめて、この質問を考えた。

「そうじゃな、美術かな、一番好きなのは。それに理科もまあまあでぇ」

「算数はどう、好きかな?」

愛子は首を横にかしげ、いやな顔をして歯を閉じ、息をちょっと吸いこんだ。

「嫌いじゃ」彼女は言った。

森本と鈴木は再び笑った。

「鈴木刑事は学校では算数が得意だったんだよ」森本は言い添えた。

愛子は興味深く鈴木を見た。

「もし私が愛子ちゃんだったら、美術や理科の勉強を一生懸命するでしょうね」鈴木は言った。「陶芸家にはどちらも大切な学科ですものね」

愛子はうなずいた。

「よう分かった」彼女は言った。

「どうして作家になりたいの?」森本は尋ねた。

「そりゃぁ焼き物はものすごぅきれいじゃが」愛子は即座に答えた。「いろんな陶芸品を見るんが好きなんじゃ」

彼女は部屋のすみにある背の高い壺を見た。

「特にお祖父ちゃんの持っとるその壺が、ものすごぅ好きなんじゃ」彼女は付け加えた。「いつかそんな壺を作りたいな。大伯父さんが作ったんでぇ、長沢の大伯父さんが。お祖父ちゃんも一緒に働いとったんよ。うちが小さかったころ、長沢の大伯父さんが仕事をしょうるとき、時々見せてくれて、小さい茶碗を作るのを教えてくれたんじゃ。一緒にぎょうさん作ったんよ」

藤島はうなずいた。

「そのころ、先生の工房へ愛子ちゃんを連れて行きょうたな」藤島は言った。

「長沢の大伯父さんが作った焼き物をぎょうさん見ゆうたんで」愛子は続けた。「お祖父ちゃんは手伝ようたんよ。大伯父さんはすごい作家で、有名じゃったんじゃ。大伯父さんの作品はみんなからすごぅ好かれとったし、うちも気に入っとんよ。土をこねている間、時々見せてくれたんで。茶碗や小さい花瓶を作るのを手伝ったこともあるんよ。大きゅうなったら大伯父さんのみたいな焼き物を作りたいな。どうすりゃえんか、お祖父ちゃんが教えてくれるんじゃ」

藤島は微笑んだ。

「ええ焼き物を作るんなら、知っておかんといけんことがいっぱいあるんで」愛子は続けた。「ものすごぅきれぇな色や模様のあるええ焼き物を作るには、秘訣がぎょうさんあるんよ。そんなもんは隠して誰にも話さんことになっとるんじゃ。お祖父ちゃんはそれを知っとるんで、うちが大きゅうなったら教えてもらうんよ」

22　計画の本質

その夜、備前の伊部駅から列車で岡山に戻った森本警部と鈴木刑事は、藤島を訪問して明らかになった成果について話し合った。

「まあ、これだけははっきり言えるな、鈴木刑事、長沢のかばんがなぜそれほど重かったかという謎は確かに解けた！」

「全くその通りですね、警部。正確には何が入っていたかというと、書物を守る硬い金属容器、タイマー、水準器、暗号の番号を打ち込むキーパッド、ガスボンベと発火装置などです。藤島がそれらすべてを詰め込むのは、大変だったに違いありませんね」

「そうだ、タイマーは三時間にセットされており、長沢の全体計画からすれば、完全に意味をなしているようだな?」

「ええ、そうですね。三時間あれば兄弟のうちのどちらか一人が、岡山の板東の事務所を出て、京都の貸金庫まで簡単に行くことができます。新幹線が走っていて、銀行が開いてさえいればですが。ただし、三時間以内で往復することはできません。そのため、京都から岡山まで暗号を伝えるのに電話が必要だったんです」

「その通りだ。実際、健三は四十八分間の余裕を残して旅行したことが分かった。二人は午前十時にかばんを開けたのだから、午後一時までに書物を取り出さなければならなかった。だから健三は十二時十二分、京都の銀行から栄三に電話をしたんだ」

「きっとそうでしょうね。たとえ健三が、十時二十七分に岡山を出る新幹線ひかりには乗れなかったとしても、一時までの期限内に京都に着ける列車はまだ他にあります。例えば、十時四十五分に岡山駅を出るひかりに乗れば京都に十一時五十七分に着き、たっぷり時間があります。また十一時十分発の新幹線のぞみは十二時十分に京都に到着します」

「要するに、兄弟二人は板東の書斎に座って、かなりの時間を割いてあれこれ考えたとしても、どちらか一人が、十一時十分発ののぞみに間に合うように岡山駅に着きさえすればよかったわけだ」

「まさしく、その通りでしょう」

「だから話し合ったように、銀行が開くのは十時だから暗号を手に入れるのは何も難しくないと、長沢には分かっていたんだろうな。もっとも兄弟二人でどちらが調べに行くか、分別をわきまえて速やかに決めさえすればの話だが。もし二人が事務所で一時間以上もそのことで議論しあって時間を費やしたなら、その機会を逃して祖父の書物は破壊されてしまっただろうな」

「それが、まさに長沢が意図したことだったのですね」

「そうだ」

森本はあごを撫で、その計画について暫く熟慮した。

「いいかい、鈴木刑事、長沢が考え付いたのは全く巧妙な計画だ。二人が本当に信頼し合っているかどうか、試すことはなかなか難しい。いずれにしても、どうやら長沢が大変な苦労をして思い付いた計画だが、何か突発的な予想外の出来事が起こって、台無しになる可能性はいつもあるんだ。例えばこの重大な局面で、もし地震が起こったならどうだろう。何しろこの地域ではそんなに珍しいことではないからな。地震を感知すると新幹線は自動的に止まるんだ。運悪く発生したとき健三が岡山と京都間で列車内に閉じ込められたなら、時間だけが過ぎ、板東の書斎にいる栄三は、目の前で奥義が黒焦げになるのをどうすることもできず見守らなければならなかっただろうな」

「なるほど…いいご指摘をされますね、警部」

「とにかく、あれこれ考えてみると、長沢はとりわけ巧妙な計画を仕組んだと言わざるを得ないようだ。書物は藤島が取り付けた金属容器の中に鍵を掛けて入れられており、かばんを開けてもすぐに取り出すことができないと分かり、兄弟はかなり驚いたに違いない。その上タイマーが作動し、容赦なく三時間のカウントダウンが始まったんだ。ぞっとしただろうな。封筒を開けた二人は、暗号を調べるため京都へ行かなければならないという指示と、かばんのからくりについて書いた祖父の記述を読んだに違いない」

「少しでも動かせば、かばんは書物もろとも破壊してしまうという説明だったに違いありませんね」

「その通りだ、藤島が取り付けた水準器のせいだろうな。そのために、かばんを開けた書斎のテーブルにくぎ付けになってしまったんだ」

「必要な暗号は二百二十キロも離れた京都にあったんですよね」

「そうだな。二人はそれぞれ計算をして、三時間以内で京都を往復することはできないと気付いたに違いない。書斎にある新幹線の時刻表を手にしなくても、すぐに分かったはずだ。事実、状況が十分理解できてきたら、ちょっとしたパニックになったとしても当然だな。それは昨日朝、板東の事務所に集まった際に予期していたものとは、全く違っただろうな」

「そうだったでしょうね。最初は誰かを京都に行かせて、暗号を電話で連絡させようとしたのかもしれません。そうすれば二人とも、かばんと一緒に板東の書斎に残ることができ、暗号の数字を入力して書物を一緒に取り出せたでしょう。ところが祖父の指示では、貸金庫に入れるのは兄弟二人だけだと説明されており、たとえ京都に他の人物を派遣しても役に立たないことに気付いたのでしょう」

「全くそうだ。京都へ行くのは、健三か栄三のどちらかでなければならなかったのだ」

「そこで兄弟は、一緒に行くことも考えたでしょうね。その場合、かばんを板東の書斎に残しておかなければなりません。暗号を手に入れても、かばんの中のタイマーを止める者がいないことになってしまいます。多分二人は、自分達の他には誰もかばんを置いている部屋には入れないという、祖父からの指示をよく理解していたのでしょうね」

「ああ、その通りだ。板東が兄弟にかばんを渡す方法について、長沢からの謎めいた指示は、今やっとすべて意味をなしてきたな。その背後にあった目的は、一人が京都へ行っている間に、もう一人が岡山で確実にかばんを見守ることだったんだ。祖父の書物をかばんから安全に取り出すには、兄弟が別々になる必要があった——そうするより外になかったのだ」

「確かに警部、長沢の計画は兄弟どちらか一人だけが書物を手に入れ、もう一人はその手筈に同意せざるを得なかったというものです」

「まさにそうなんだ。それがこの周到な計画の核心なんだ」

森本と鈴木が議論している間に、太陽は西の空にゆっくりと沈みかかっていた。沿線に連なる桜の木や松林の影は次第に長くなってきた。

「ところで、鈴木刑事、このかばんからもう一つ分かったことは、板東が事務所で保管しているとき中を見ようとしなかったことがはっきりと推測できるな。板東は、長沢の葬儀の日に岡山の銀行でかばんを受け取ってから、昨日朝、兄弟に渡すまで事務所の金庫に保管していたと話していた。もちろんその間ずっと鍵も持っていた。備前焼に対する興味と熱情を持った者にしてみれば、かばんを開けて極めて貴重な書物をすぐにでも見たいという強い誘惑にかられただろうに」

「そうですね、板東が興をそそられたとしても、もっともなことでしょう。しかし、信義に反することだったのです。長沢の信頼を間違いなく裏切ることになったでしょうね。しかし今では警部が言われたように、書物をのぞき見たいという誘惑をすべて断ち切ったに違いないと分かりますよ。それでよかったのですよ。もし誘惑に負けていたら、板東は大変苦しい立場に立たされていたでしょうからね。タイマーを作動させることになり、それを止める手立てがないのですもの。まさに目の前で、貴重な書物が燃えてなくなってしまうのを、なす術もなく見守ることになったでしょうね」

「その通りだ。板東が正直な人間でよかったな」

「そのようですね、警部」

「とにかく昨日、兄弟が何を計画していたか多くのことが分かってきたな。これからは二人がどのようにして、なぜ死んだのかということの解明に集中してみよう。祖父の書物が関係していることは確かなようだ。これを狙った何者かに殺されたのは明らかだ。兄弟二人が昨日、手に入れようとしていることを誰が知っていたか、ということだな」

「えーと、そうですね、もちろんかばんについて藤島はすべて分かっていましたが、今日午後の話からすると、昨日、兄弟に渡されることになっていたことは知らなかったようです。多分、二人のうちのどちらかが、いつか貸金庫を開けることを期待していたに違いありません。つまり、かばんを開けた後、どちらか一人が京都へ行くことを決断できたならばですが。でも昨日、京都の銀行を訪れることを、特に予期していたようには見えませんでしたね」

「どうも、そんな印象だったな」

「でも、警部、藤島の主張通り昨日、自宅に居たことを立証するのは奥さんしかいません。ですから実際、岡山に居た可能性も完全に捨て去ることはできませんね。藤島は兄弟とは見知り越しのようですし、もし栄三の事務所を訪れたなら一緒にお茶を飲んでもおかしくないですよ。また、陶芸の仕事をずっと続けていて劇薬のフェノトロキシンのことも当然よく知っていた、ということも見逃せませんね」

「いい考えだな、鈴木刑事」

「その上、他の誰かが、かばんのことを知っていた可能性も無視できません。藤島は誰にも話していないと言っていますが、長沢が計画を誰かに話しかばんのことも全部言っていたかもしれませんね。もしそうなら、それは親しい友人か身内でしょう。とにかく、かばんについて誰かが知っていたとしても昨日、兄弟に渡されたことに必ずしも気付いていたかどうかはっきりしませんね」

「その通りだ。従って板東が、当然キーパーソンになる。昨日、兄弟がかばんを受け取ることを知っていたんだからな。もし長沢の友人が、兄弟からは聞いてないのに昨日起きたことを知っていたとしたら、板東が直接話したか、それとも弁護士事務所からでも情報が漏れたに違いないな。だが、もしそうなら、それは何かのはずみで起きた可能性が多分にある。というのは、板東は二日前の火曜日まで、健三から電話を受けていなかったのだからな。兄弟二人でかばんを受け取りたいと健三が板東に知らせたのは、たった二日前だった」

「そうですよ、少なくとも私達には、そう話していましたね。しかし前にも言ったように、もし板東がその書物を不正に得ようと思っていたなら、自分の事務所の金庫に保管されている間にかばんを開けようとしただろうと誰でも考えます。そうなると板東は、昨日の出来事のように、違法な手段で書物を手に入れようとする者に対する警戒をしていた、ということに相反することになりますね」

「そうだな。我々が推測する限り、板東はかばんに組み込まれた自己破壊の仕掛けは何も知らなかったのだ。今朝、話したときにも、そのような知識があったそぶりもなかったのは確かだ。しかし多分、すべてを打ち明けてくれてはいなかっただろうな。かばんのからくり全部を、長沢が自ら説明するのは不可能ではなかったし——多分かばんがどうしてそんなに重いか教えたかっただろう。また一方、異常に重いかばんに何か仕掛けがあるかもしれないと、板東が自ら不審を抱いた可能性もあるな。そこで多分、生来の用心深さから自分だけで中をのぞくのを避けたのだろう。もちろん、そもそもそれを作った藤島から、かばんの本当の仕組みを教わっていたということも考えられるしな」

「だから板東が、どのようにかばんが設計されているか詳しく知っていて、書物を盗もうと決心していたなら、兄弟がかばんを開けて一人が暗号を調べに京都に行くまで待たなければならないことに気付いていたはずです。兄弟が首尾よくかばんから取り出したときに初めて板東は支障なくその書物を手に入れることができたでしょうね」

「もしその通りだとしたら、板東は長沢が定めた期限の三ヵ月が迫ってきたので、非常に気になったに違いないな。兄弟がかばんを要求しなかったらどうしただろう？　互いに仲良くする決断をしなかったら？　もしそうなら恐らく板東は、兄弟二人を和解させてかばんを受け取らせるように積極的に仕向けたことだろうな」

「うーん、でも残念ながら、祖父の遺言を伝えた一月以降、板東から兄弟二人にどのような働き掛けがあったのか、正確に調べるにはもう遅過ぎますね」

「そうだな。ところで、板東は昨日、一日中事務所に居たと言っていたな？」

「ええ、そうです。そのことを特に進んで話してくれましたよ。うそを言っているとはとても考えられませんよ。というのは、それが本当かどうか秘書や事務所の多くのスタッフから容易に証言してもらえますもの。でも栄三の事務所を訪問して上がり込み、兄弟と一緒にお茶が飲める共犯者を手配したのかもしれませんね。とにかく、板東が熱烈な備前焼愛好家であることは確かです。ですからフェノトロキシンについて知っていた可能性はかなり高く、実行した共犯者のために殺人計画を思い付いたとしても、うなずけますすね」

「それはいい点をついているな、鈴木刑事。だから、藤島か板東のどちらかが、昨日の兄弟の死に関係していたのかもしれないな」

「その通りですね、警部。でも二人両方が協力し合っていたとは考えられませんね。もし一緒の犯行なら、兄弟にはまったく用がなくなるはずですからね。板東はかばんを保管しており、藤島は暗号を知っていました——たとえそれを忘れたとしても暗号を保管している京都の銀行の貸金庫を開けることができました。ただ、どちらかが単独でするなら、その書物を得るためには、兄弟の一人を仲間に入れる必要があったでしょう。板東はかばんを持ってはいましたが、京都から暗号を得るために兄弟どちらかが必要でした。一方、藤島は暗号を知っていましたが、かばんを渡してもらうために兄弟が必要でした。しかし、板東と藤島が力を合わせれば、全く兄弟の手助けなしに二人だけで書物を手に入れることができたでしょう」

「まさにそうだな。昨日、長沢の本物のかばんと思われるものが兄弟に渡され、そのうち一人が急いで京都に向かったのだから、板東と藤島が共謀して策略を企ててはいないという推論の通りだと思う。従って昨日の健三と栄三の死に、二人とも関わっていることはあり得ないはずだ。だが、どちらか一人が関わっていた可能性は十分あるな」

赤穂線が山陽本線と交わっているあたりはもう岡山市の郊外、日が落ちて車窓の外はすっかり暗くなっていた。高島駅に止まった後、列車は百間川と旭川の橋梁を渡った。その橋梁は朝、反対方向へ向かって旅行をした新幹線軌道のすぐ南側にあった。

「とにかく…」暫くして、鈴木は言った。「昨日、兄弟の一人が何をしようとしていたかを、友人か知り合いに話していたという可能性も考えるべきです。もし、祖父の書物を手に入れるつもりだと誰かに言っていたとしたら、昨日午後、栄三の事務所で一緒にお茶を飲んだ人物かもしれません。そうなら、その人物には兄弟を殺して、その書物を持ち去る計画を練り上げる十分な時間があったでしょうね」

「そうだ、まさにその通りだ。きっと兄弟と親しいか一緒に働いていた人物と、お茶を飲んでいたに違いなさそうだな。フェノトロキシンについても詳しく知っていたと考えられる。そのような人物とは誰だろう？」

「そうですね、栄三は昨日朝、工房の責任者である遠藤に電話をして、自分が岡山に居ると話していたことは分かっています。しかし、その夜に私達が遠藤と話したとき、栄三が岡山に来ていたのは保険のことで打ち合わせがあったからと話していました。もし、栄三がその書物を受け取るつもりだったことを、遠藤が知っていたら、そんな重要なことはきっと私達に言ってくれたはずです」

「そうだ、何も隠していないとすればな」

「その通りです。ところで昨日朝、健三も備前の自分の工房へ電話をしていました。その時、長沢の書物のことや自分の岡山訪問の隠された目的について、誰かに話した可能性があります。山田巡査部長が今日、健三の工房へ出向いて、誰が電話を受けたか調べているはずです」

列車の旅も終わりに近づき、森本と鈴木は自分で事件についての様々な事実を整理しながら、暫く黙って座っていた。しかし、岡山駅に到着すると、森本はけげんな表情をして鈴木の方を見た。

「いいかい、今日午後の藤島との話で、どこか不自然なところがあるな。話していた間、長沢の書物について一度も尋ねようとしなかっただろう」

「そうですね、警部。私達は兄弟二人が昨日朝、かばんを受け取ったことを話しました、健三が京都の貸金庫を開けたこともです。従って藤島は当然、かばんの中に細工をした金属容器から、書物を安全に回収することができたと思ったに違いありません。また昨日午後、二人が死んで見つけられたことも知っていました。ですから警部は、藤島が長沢の書物について少なからぬ興味を寄せていたはずだと考えられたでしょうね。しかし、藤島は二人の死んでいた現場で一緒に書物が見つかったかどうかについて、少しの関心も好奇心も示していませんでしたね」

「長沢と一緒に長年仕事をしてきたのだから、その書物の途方もない価値については、きっと十分に知っていたに違いないんだ、そう思わないかな、鈴木刑事?」

「確かにそうですね」

「そうだろう…だから妙なんだ。板東とは際立って対照的だ? そう、今朝会ったときの板東は、なくなった書物の行方について大層気にしていることを、一切隠そうとしていなかったのだからな」

「そうですね、まさにその通りです、警部」

23　国民に対する義務

その夜遅く、森本警部はテレビの取材陣を避けて、裏口からそっと県警本部に戻った。エレベーターで七階に上がり、本部長の執務室に向かって廊下を進んだ。遅い時間にもかかわらず、煌々と明かりが輝いており、彼は開いているドアを静かにノックした。

「ああ、森本警部か」散らかった大きな机の向こうから本部長が言った。「さあ入ってドアを閉めてくれないか。捜査はどこまでいったのかな？　ところで忘れないうちに…今朝、本部を出る際、インタビューを受けているのをテレビで見たのだが、一つ言っておきたい。そうほぼ十時になるころで、私の記者会見の直前だった。なかなかうまかったな、よくやった！　大変な進歩だ、今回のようなこともうまくなっているぞ」

本部長は口をあけて上機嫌に笑った。

「ありがとうございます、本部長」森本は答えた。

「メディアとほどよく効果的に対処していくことは、警察にはいつも役に立つことだ…それに広報活動のためには驚くほど力を発揮するのだ。いずれにしても、ひどく疲れた日だったな、警部、君には信じられないだろうが。知っての通り、朝十時に記者会見を行った。メディアの扱いには慣れているはずの私のような者にとっても、精神面で膨大なエネルギーを費やすのだ。様々な質問があらゆる方向から飛んで来る。本当にずっと緊張を強いられ、片時も気が休まることはないんだ。少し口を滑らせでもすると、リポーターは猛烈な勢いで襲いかかってくる…まあ、そういうことだ。非常に敏感だからな、いいか、小さなことでも見逃すようなことはしないいんだぞ。まあ、もしいったん血のにおいでも嗅ごうものなら、それで一巻の終わりだ…どうしようもないんだ！」

「全くおっしゃる通りだと思います」

「ああ、そうなんだ…それは疑いの余地はない。顔を直接照らすおびただしいライトや、カメラが真っ直ぐ向けられている前に立つのは…精神的に大きな負担になるんだ。正直なところ、弱腰の者では務まらない任務だ」

「きっとそうでしょうね、本部長」

「ああ、そうだ、務まらないんだ…それは間違いない。記者会見をして無事でいるには、鋼鉄の背骨を何本も持っていなくてはならない。実際、それは非常に厳しい試練で、どんな憎いやつにも押し付ける気にならないほどのものだ」

本部長は首を振って、あたかも玉の汗が流れているかのように額をふきながら、この点を強調した。

「とにかく、今朝十時の会見の後、この執務室に戻り、午後にもう一回することを決めたのだ」

「えー、本当ですか、また記者会見を？」

「そうだ、信じられないという顔をするのももっともだ。私がそのような苦痛に耐えることを、また買って出たのを君が驚くことは分かっている。だが、それは義務だと思っているんだ、そう…全国民に対する私の義務なんだ。このような状況下で、自分の個人的感情なんて問題ではない。私はリポーターの厳しい追及に、二度とさらされたくないと願っていることは確かだ。会見の一部始終がテレビで生中継され、国中の家庭につぶさに流されるんだからな。誰がそんなストレスになるようなことをしたいものか？」

森本はどう答えてよいか分からなかった。

「まあ、私個人としては、そのような宣伝は決して必要ではないのだが…」本部長は続けた。「これだけは確かだ。もしこの事件で、私が国中、隅々までも知れ渡る有名人になったとしても、そんなことはどうでもいいことだ。あれこれ人目につく場に出ようと、いつも腐心している本部長もいるが、私にとっては何の価値もない。始終、世間の注目を浴びるのではなく、いつも舞台裏で黙々と自分の役割を果たすことができればこの上ない幸せだ思っている。仕事そのものが自分への褒美であって、世間からの拍手喝采が欲しい訳ではない。実際、午後この部屋にずっと一人で座って、書類事務を進めていくことが何よりも好きなのだ…そうすることで十分満足しているんだが」

本部長は椅子の背にもたれ、崩れそうになるほど机の上に積み上げられている書類の山を指し示した。

「書類事務に費やせるような平穏な午後は、なかなかないな？　しかし時には我慢しなければならない。このような時に人々は、励ましの言葉を必要としている…だから今日午後もう一度会見をして、国民に話し掛けるのが私の義務だと考えている。このような衝撃的な事件の際には、人々の不安を静めることが大切なんだ。私は善良な国民のことをいつも考えており、捜査は折り紙つきの強力で有能な指揮官のもとで進められていると言っておくつもりだ」

「その言葉に、みんな感激するでしょう、本部長」

「ああ、そうだ、きっとそうだろうな。とにかく、今日の会見は劇薬についてもう少し詳しく話そうと思う。フェノ…何とかだったな？」

「フェノトロキシンです、本部長」

「ああそれだ、フェノトロキシンだ。彼らはそれに魅せられたのだ。それを本当に飲んでしまって、大きな事件になったのだ。みんな私の一語一語に注目している。しかし、いずれにしても、今日他に何か分かったことは？　大きな進展があったかな？」

森本は京都のメトロポリタン・トラスト銀行の訪問や、備前で会った藤島の供述について話した。

「いやぁ、何と突飛な話じゃないか、警部。長沢は途方もない計画を思い付いたものだな？　その計画に爆発するかばんと、秘密の数字を入れた京都の貸金庫があるとはな。全く信じられない。まるで諜報機関が介在しているようじゃないか。スパイは長沢が思い付いたかばんと同じような爆発する仕掛けを持って、歩き回っているんじゃないかな？」

「そうでしょうね」

「そう、きっとそうだろうな。いいかい森本警部、それで思い出したんだが、私は諜報機関の一員になっていた方が、国に尽くすことができたんじゃないかな。私はスパイの何か素質があったかもしれないと思うのだが、今こんなことにかまっているときじゃないな？　謙虚な本部長として岡山の人々に奉仕できれば…自分なりのささやかなやり方で尽くすが、それで本当に満足なんだ」

本部長は肩をすくめ、控えめに笑った。

「とにかく、君の進めている捜査の今後の進展には、全く信頼を置いている。まず長沢の奥義が書かれている書物について知っている人物を、緊急に見つけ出すことだ。誰かがその書物を、自らのそのいとわしい手に入れるために兄弟を殺したことは間違いないな」

「非常に可能性があります」

「ああきっとそうだ。思い通りに捜査してくれ、警部。かばんも探してみてくれないか。書物を奪った者が、同時に持ち去ったに違いないからな。恐らく、かばんの細工をしたと言っている藤島も少し調べなければならないだろうな。かばんの爆破の仕掛けを知っている人物は誰でも、少なからず疑いがあるとしなければならないと思う。分かっている範囲では、藤島は長沢の計画の詳細と、かばんのことを正確に理解しているただ一人の人物だ」

「なるほど、全くその通りです、本部長」

「そうだろう。まあ、力いっぱいやってくれ、警部。

多分、明日の記者会見までに調べはまさに画期的に進展しているだろうな。明日朝、もう一回しなければと思うんだ。そういえば、午後にもまたやるかもしれないぞ」

24　備前の健三の工房

翌日、金曜日の朝早く森本警部と鈴木刑事は、県警本部の執務室で、事件捜査の最新情報を山田巡査部長と話していた。部屋中央のテーブルの上に置かれた岡山トリビューン紙には「**本部長、長沢事件究明に明るい見通し**」という大見出しが載っていた。しかし、森本と鈴木がもっと興味をひかれたのは、前日、備前市にある健三の工房へ出向いた山田が準備していた報告書の方だった。

「確か備前の郊外だったな？」森本は報告書をめくりながら尋ねた。

「そうです、警部」山田は答えた。「栄三の工房も備前にありますが、健三の場所とは真反対になります」

「そうか、健三の工房は大きな規模かな？」

「小規模のようです。一つの窯と小さな事務所の建物があり、また周囲の庭にいろいろな小屋や倉庫が散在していました。しかし、あまり活気があるようには見えません。忙しく活動している様子でなかったことは確かです。前日に健三が死んだばかりだとすれば、やむを得ないと思いますけどね」

「開真とも話したのだろう？」

「ええ、工房の管理者ですが、昨日、昼食時、私が着いたとき事務所に居ました。確か事務所には他に一、二人の者が居ただけでした。開真は机に座ってサンドイッチを食べていました」

「水曜日朝、健三からの電話を受けた人物だな？」

「その通りです、警部。健三は自宅から八時一分に、開真が弁当を食べているその部屋に電話をしていました。通話記録では四分間話しています。開真は健三からだったと認めており、その日に岡山に行くつもりだと話していたそうです」

「しかし、岡山に行く理由は言わなかったんだな?」

「開真によると、そのようですね。健三は詳しいことは一切話さなかったと主張しています。また仕事には関係ない個人的なことだろうと思って、何も尋ねなかったと言っています」

「そうか、開真は水曜日には、健三とそれ以上の連絡をとっていなかったのだな」

「ええ、そのようですね。最後に話したのは、水曜日朝、事務所にあったその短い電話だったようです」

「その際、健三は、興奮するか神経質にはなっていなかったかな?」

「極めて普通の口調だったと、開真は話していました」

森本は報告書を閉じて机に置いた。

「一体、昨日の開真はどうだったのかな、巡査部長? どんな様子だったんだろう? 健三と栄三の死で動揺しているように見えたかな?」

山田は肩をすくめた。

「かなり変わった人物のような印象を与えますが、どう見ても動転していたようには思えませんでした。実際、健三について一切、何も言いませんでしたし、二人の死についての調べがどのように進んでいるかも、何も尋ねませんでした。全く関心がないようでした」

「緊張した様子はなかったんだな?」

「ええ、とても寛いでいるようでした。一切何の心配もないというように、そこに座ってサンドイッチを食べていました。私が行った際、健三について質問があることはすぐに分かったはずですが、全く気に留めている様子もありませんでした。質問にも素直に応じてくれました」

森本はあごを撫でた。

「健三が死んだ今、その窯元のこれからのことも尋ねてみたんだな?」

「はい、その問題も持ち出しましたが、警部、開真は健三の窯元がこれからどうなるか全く見当がつかないと話していました。また健三が掛けていた保険のことも知らなかったそうです。さらに言えば、関心があるようにも見えませんでしたし、とりわけ自分の仕事を失うことにもそう思い煩ってはいないようでした。しかし、栄三の工房の管理者である遠藤については酷評しており、もはや仕事も長くできないだろうと話していました。開真は、栄三の窯元をそう評価しているようには見えず、過去に健三の窯元との間であった軋轢が、いまだに影響している印象をはっきり受けました。遠藤と栄三の窯元に対するわだかまりの感情が、今もなお心の奥にあるようです」

「なるほど」

「正直言って私が訪問している間に、この時だけ開真が本当の感情を表しました。遠藤と栄三の窯元を非常に侮蔑していましたが、それ以外は私の質問に全く関心を示しませんでした」

森本は報告書を再び開いて、ぱらぱらとめくった。

「開真自身も水曜日に岡山に来ていたそうだな、巡査部長？」

「その通りです、警部。朝早く健三から電話があった後、備前の事務所に居て、それから列車で岡山へ向かったと話しています。伊部駅を十一時十八分に出発し、五十五分に岡山に着いたそうです」

「岡山にある健三の事務所に行ったんだな？」

「そう言っていました。兄弟が発見された栄三の事務所とも大変近い所です。同じ通りにありますが、道路の反対側に面し、駅からもう少し離れています。開真は駅に到着後、直接そこに行ったと話していました。そこで数時間仕事をして、午後三時三分に岡山駅を出る列車で備前に帰ったそうです」

「ずっと岡山の事務所だったのかな？」

「そう言いました、警部。岡山駅から真っ直ぐ事務所まで歩き、そのままそこに居て、三時三分発の列車に間に合うよう直接、駅まで歩いて戻ったそうです。駅から事務所までは五分ばかりです」

「分かった、事務所では何をしていたのかな？　どんな用事で岡山に来たのだろう？」

「いつもの決まり切った訪問のようです。書類事務があり、それと、保管している物品も調べておきたかったと話していました」

「岡山で健三と会う予定は？」

「開真はなかったと言っています。健三が岡山に居るといっても、どこで何をしているか知らなかったようです。また事務所に寄るとも思わなかった、と言っていました」

「開真が事務所で働いている間は、健三は立ち寄っていなかったんだな？」

「ええ、そのようです。岡山では全く誰にも会わなかったと話しています」

森本はゆっくりとうなずいた。

「もしそうなら、開真がここに居る間ずっと事務所から離れなかったことを証明する者は、誰もいないことになるな」

「その通りです、警部」

森本は鈴木の方を向いた。

「さて、どういうことだろうかな、鈴木刑事？」

鈴木はギュッと口を結び、山田がもたらした新たな情報について深く考えた。

「うーん…そうですね、開真が水曜日ここに居た三時間に、本当にたくさんのことが起きていたことは確かです。えーと…十一時五十五分に開真が到着、十二時十二分に健三は、京都のメトロポリタン・トラスト銀行から板東の事務所に居た栄三に暗号の数字を伝えています。それから間もなく、栄三はそこを出て自分の事務所に真っ直ぐ戻ったのはまず間違いないでしょう。というのは、健三が十二時四十一分、京都駅から電話をしたとき、栄三は自分の事務所だったのですからね」

森本はうなずいた。

「それに、警部、遠藤が午後一時ごろ岡山駅に着いたことも分かっています。二時半に予約をしている丸瑳歯科医院に向かう前に、駅で昼食をとっています。一方、開真は三時三分の列車で岡山を離れています。三時五十五分には遠藤が、栄三の事務所で二人の遺体を見つけて救急車を呼んでいます。ですから報告によると、開真が正午から三時まで健三の事務所に居て、一人で書類事務をずっとやっている間に、彼の非常に近い所で多くのことが起きていたことは確かですね」

「その通りだ、鈴木刑事。ところで、緒方先生は死亡推定時刻についてどう言っていたかな?」

「正午から三時五十五分の間だそうです。でも二時までは、健三が京都からまだ帰ってきていなかったでしょうから、二人の死亡時刻の推定範囲がより狭まりますね。とにかく、開真が岡山にいた時間と二人の死亡推定時刻とが、二時から三時までの一時間重なります。ところで、もし遠藤が自分の歯の治療の後に栄三の事務所に真っ直ぐ帰ったなら、三時四十五分くらいに着いたでしょう。すると兄弟の死んだ時刻だと思われる時間帯に、十分間だけ重なりますね」

「そこだ、すべてのことが起こっている間、板東は健三と栄三のそれぞれの事務所から少し先にある自分の法律事務所に居た、藤島は一日中静かに庭の野菜畑で手入れをしていた―そう言っている。ところで、開真は水曜日に岡山で遠藤と会ったのだろうか?」

「そうですね、遠藤は二時から三時半まで歯の治療に行っていたことは分かっています。ですから、もし二人が会ったとするなら二時より前のはずで、それは健三が京都から戻ってくる前を意味します。もちろん、開真が三時三分の列車で帰ったと言ったことが本当だとしての話ですが」

「うーん…その通りだ。開真が備前に帰った後どうしたか分かっているか、巡査部長？　何か話していたかな？」

「ええ警部、開真はすぐに工房の事務所に戻ったそうです。みんなが留守にしていなかったら、誰かがきっと見ており裏付けが取れるでしょう。三時三分の列車で岡山を発ったとするなら、伊部駅に三時三十九分に到着し、四時までには楽に帰り着くことができたと思います」

「ああ、その通りだな」

森本は、開真が言っている前日の行動について、あれこれ思いを巡らせながら困惑して頭をかいた。

「さて巡査部長、昨日の備前での聞き込みは、面白い情報が集まったようだな、よくやったぞ」

「ありがとうございます、警部」

「ところで、栄三の事務所にもう一度行って調べたんだろう？　そこに赤い革表紙の書物がなかったのは確かなんだな」

「絶対に間違いありません」

「そうか、それじゃ、これからまた別の仕事をやってほしい。健三の岡山事務所周辺を綿密に調べてもらいたい。そっと行くことだ、無用な騒ぎは起こさないように。もし誰か居たなら通常の巡回をしているだけだと説明して、単純な質問を少ししておきなさい。居なければ、よく見回って十分に調べておくようにな」

山田は新たな任務に満足げだった。

「よく分かりました。すぐに行ってきます」彼は張り切って言った。

山田が事務所を出た後、森本は椅子からずり下がって机の角に脚を上げ、両手を首の後ろに組んだまま、窓の外を眺めながら捜査の状況を考えた。

「ところで、鈴木刑事」暫くして言った。「開真か遠藤のどちらかが昨日、我々に話していない別の人物と、連絡をとっていたかどうか調べる必要があるな。通話記録のチェックはできるな?」

「分かりました、警部」鈴木は答えて、パソコンを使い始めた。「すぐにやってみます。備前の工房と、ここ岡山事務所の電話の記録も調べてみましょう。栄三の事務所にも一台電話がありました。多分、健三の事務所にもあります。それに、どちらも携帯電話を持っているようですね。それも調べてみなければ。事実、そういえば遠藤は水曜日には間違いなく携帯電話を掛けていました。というのは、二人の死体を発見した際、それを使って救急車を呼んだと言っていたからです」

「そう、その通りだ。健三と栄三の電話が、水曜日の二人の行動を明らかにする大きな手掛かりになった。もしかすると、開真と遠藤の電話の通話記録も事件解明の糸口になるかもしれない。どうやらこの二人が隠そうとしていた何かが現れてきそうだな?」

「多分に可能性がありますね、警部」

25　協力者の支援

鈴木刑事がパソコンで電話会社に問い合わせをしている間、森本警部は窓の外を見ていた。雲ひとつない青い空が、その日の素晴らしい一日の前兆のようだった。

「そうだな、今の捜査状況を正確にまとめてみよう」

鈴木が手を休めたときに、森本は話した。「健三と栄三の二人の兄弟は、それぞれ自分の窯元を経営している。工房の管理者は開真と遠藤だ。水曜日の朝早く、栄三が遠藤に電話をしている間、健三は開真と話しており、どちらの電話も備前の各自の工房で受けたものだった。健三と栄三はそれぞれの管理者に、その日に岡山に行くつもりだと説明していたのだ」

鈴木はうなずいた。

「その通りです、警部。まさに対称的な一連の出来事ですね。しかも、開真と遠藤の供述がどちらも信頼できるなら、その朝、健三と栄三が、極めて貴重な備前焼制作の資料を記した祖父の書物を、板東から受け取ることになっていたのを、二人は全く知らされていなかったようですね」

「そのようだな」

「たとえ開真か遠藤がそれについて聞いていたとしても、かばんのからくりや京都へ行かざるを得ない事情にまで気付いていたという確証はありませんね。分かっている限りでは、板東の書斎でかばんを開けるまでは、健三も栄三も何も知らなかったのですから」

「その通りだ。開真と遠藤どちらも、板東からも藤島からも、それらのことについて何も教えられていなかったとしたらな」

「ええ、そういうことですね」

「開真は早朝の電話が、健三と話した最後だと主張している。遠藤もその日もう一度だけ十時半ごろに栄三から電話があり、窯元の保険のことで佐々木と会った詳細について聞いたと言っている。遠藤によると、その二回目の電話でも、その時、栄三は板東の書斎に居たのだが、そのことは言ってなかったようだな」

「そうですね、警部。開真と遠藤のどちらも水曜日に岡山を訪れ、開真は岡山事務所で書類事務のため、遠藤は歯科医院に行った後、栄三の岡山事務所に立ち寄っています。その日の兄弟と二人の管理者の行動には、多くの対称性があります。しかし対称性は祖父が残したかばんを兄弟が開けたとき、大きく崩れました。祖父の計画で一人は京都へ行かなければならず、一人は岡山に残ることになったからです」

「まさにそうだ。どちらが京都に行くか、兄弟がどんなに悩んで決めたのか、今となっては分からないだろうな。とにかく、はっきりしているのは健三が出かけたのだから、京都に行っている間、弟にその書物を持って逃げる機会を与えることになったわけだ。だが一方の栄三はかなり有利な立場にあった。何も気掛かりなことはなかったのだからな」

「そのようですね」

「これに対して、健三の立場はなお興味深いな。京都へ行くことを、年長でもあることから自ら決めたのだろうか、あるいは少なくとも同意はしたんだ。本当に弟を信頼していたんだろうか？　繰り返すが、誰にももう分からないだろう。問題は、栄三が裏切らないというどんな保証を、健三が得ていたかを考えるべきだな」

「それは重要なポイントですね。恐らく健三が京都から帰ったら、すぐに会おうと約束していたのでしょう。二人はそこで見つかったのですから十中八九、岡山の栄三の事務所で会う手筈になっていたのです。とにかく栄三にとって、兄を待つうってつけの場所だったでしょうね。二人は書物をコピーしてそれぞれを持っておくつもりだったと思います。事務所にはコピー機があり、そこでできたはずですからね」

「そうだな、ありそうな筋書きだ」

「すべてがそのようにうまくいけば、健三も多分満足だったでしょうに。しかし弟が裏切って、約束通り書物を持って現れない可能性も考えなくてはなりませんでした。もし岡山に帰ってくる前に、栄三が書物を隠して一人占めする決心をしていたなら、健三は激怒したばかりか、本当に何をしたか分かりませんよ」

「逆上して、栄三を殺したかもしれないな？　それからきっと自殺したんだ。それは以前に話した一つの可能性だったな、すなわち殺人と自殺だ？」

「そうですね、警部」

「ところで、京都に向かう十時二十七分の新幹線ひかりに乗るため、岡山駅のホームに居る健三の立場に立ってみよう。京都の首尾がすべて上々で、弟に電話して暗号を伝え、それから岡山に帰り着くまでの約二時間、栄三が一人でかばんを独占することも分かっている。裏切られないという確証が何かあったのだろうか、ただ信じること以外の何かが？」

鈴木は暫く考え、微笑み始めた。

「ああ…これを言おうとされていたのですね、警部。つまり健三は、手助けしてくれる協力者を使おうとしていた可能性があることを」

「そうだ、まさにそうなんだ、鈴木刑事！」

「栄三が書物を手に入れたときに、健三は京都だということが重要な点ですが、健三が岡山に居る協力者に手配して、自分の代わりに弟の行動を監視させようとすればできたでしょうね」

「いい思い付きだ！　その協力者は正確には何をやったのだろう？」

「健三から見ると、理想としては暗号を教えたとき協力者が栄三と一緒に板東の書斎に居ることだったでしょうが、残念ながら祖父の指示では、それはできませんでした。つまり、かばんが書斎にある間は、健三と栄三以外、誰もそこに入れないことが取り決めの一つになっていたんですもの」

「その通りだ。話し合ったように、健三は、協力者を身代わりとして京都に行かすわけにもいかなかったのだ。貸金庫にも健三と栄三しか入れないことになっていたからな」

「そうです。だから健三にとって一番いい方法は、協力者に頼んで板東法律事務所の前で栄三が出るのを見張ってもらうことだったようですね」

「もしその場合、健三の協力者は自分の存在を知らせただろうか？」

「その可能性は大いにありますね、警部。栄三が出てきたとき協力者は近づいて、健三が岡山に帰ってくるまで一緒に居るように言われている、と説明したかもしれませんね。実際、健三が協力者に伝えた手筈について、栄三にも告げていた可能性がありま す」

「もしも兄弟がその考えを思い付いたのなら、それは祖父の計画に背くものだったんだろうな。栄三がいったん板東の事務所を出たら、その協力者が行動を共にすることを、健三は書斎を出る前に栄三と合意していたのだろう。その場合には、長沢が計画した問題の核心を、出し抜いたことになってしまうな。というのは、全く弟を信頼する必要はない――ただ自分が選んだ協力者だけを信じればよかったんだ」

「うーん…全くその通りです。とっさの思い付きで、どうすべきかを考え出すほど利口であったなら、兄弟はそのようにして、祖父の計画の裏をかいたはずですね。とにかく板東の事務所から出ていく栄三を見張る健三の協力者がいて、それを栄三に知らせていたのなら、前もって栄三がそれを知っていたかどうかなど、もうあまり関係ないようですね。協力者は栄三と一緒に事務所に行き、健三の帰りを待っていたのかもしれませんね」

「もしも健三が、栄三に言わないで協力者を手配していたとしたらどうなるか？　もし協力者を秘密にしておきたいと思っていたらどうだろう？」

「ええ、その場合には、栄三が板東の事務所を出るまで待っていても、協力者は自分のことを栄三には知らせなかったでしょうね。協力者の仕事は多分、後をつけ、どこへ何をしにいくか追うことだったはずです。いずれにしても健三にとって、栄三が協力者に気付いているいないに関わらず、書物を隠して独り占めしてしまうことへの防衛手段だったのでしょうね」

「そうだと思うな。もし健三が弟を全面的に信頼していなかったとしたら、賢明な予防措置のようだ。でも、健三にそんな考えが浮かんだと思うかな？」

「その点ははっきりしませんね、警部。かなりの機転が要求されます。いったんかばんを開けてタイマーが作動を始めると、兄弟はちょっとしたパニックになったでしょう。祖父の指示を読んで、その計画の意図を正確に理解するのに少し時間がかかったに違いありません。表面上、二人に与えられた指示は全く簡単なようですが、京都へ行った方の一人が、もう一人を見張る協力者を仕立てられたと、すぐには分かるものではありません」

「そうだな、今話したように、そのような考えを思い付いたとすると、それは祖父の計画を随分裏切ることになるわけだ。兄弟がいまだに仲たがいしたままで互いを全く信頼していなかったなら、板東の事務所を出るときに健三は、誰か岡山で栄三と一緒に居てもらうという保証をつけて、京都へ行くことを決めたんだろうな」

「そうです、とても悲しいことですね？　長沢の計画は非常に巧妙なようでしたが、結局、孫達は、互いに一切、仲直りをしようとはせず、何とかして書物だけを手に入れようとしたのですから」

「どうも、そのようだな。それはそうと、もし健三が協力者を置いていたとしたら、誰が候補者になるかはっきりしてくるな」

「そうです、最も考えられるのは開真ですね。水曜日に岡山を訪れた時刻は、その仮説に合いますね。十一時十八分に備前の伊部駅から列車に乗っており、健三が板東の書斎を出て京都へ向かう途中、連絡した時間と一致しますよ。開真は十一時五十五分に岡山に着いており、栄三が十二時十五分に立ち去るまでには楽に板東の事務所に来ることができました。その上、三時三分の列車で岡山を発ったと言っていましたが、その時間なら、健三が岡山に戻ってからたっぷり時間があったでしょう。そこで栄三が板東法律事務所を出てから、健三と再び一緒になるまでの間、開真が栄三と一緒に居た可能性は大いにあります」

「だから開真は二人が死んだときに、一緒に居たとも十分考えられるな？」

「ええ、その通りですね」

森本は静かにあごを撫でながら、新たな考えを巡らせた。

「もし仮説が正しいとして、健三は開真に栄三を尾行する理由を説明したと思うかな？　祖父の書物のことや、なぜ急に京都へ行かなければならないかを話しただろうか？」

「うーん…よく分かりませんね。健三の視点からみると、自分が岡山に帰るまで、開真は栄三と一緒に居るだけでよかったのです。お話ししたように健三は、何が行われているかを、栄三が知ろうと知るまいと、こっそりかおおっぴらかのどちらかで、手筈を整えていたのかもしれませんね。でも、自分の不在時に栄三を見張ることがなぜ必要かということについて、開真に何らかの説明をしていただろうと考えるのが妥当ですよ。祖父の書物についても、大方のことは説明していたと考えられます」

「ということは明らかに開真も、その書物の価値を知っていたわけだな」

「間違いありません、警部」

森本は窓の外を見やりながら、ずっとあごを撫でていた。

「ああ、それは健三の視点から見ると、完全に筋の通った仮説だろうな。たとえ板東の書斎に居るとき、突然思い付いたわけではないとしても、ある時点でそのような考えが浮かんだと考えるのは不自然ではない。もし協力者が本当に開真だったとしたら、どうして水曜日に岡山に来た本当の目的を我々に話さなかったのだろうか?」

「ええ、その通りですよ、警部。開真に何も隠すことがないなら——つまり兄弟の死に全く関わっていなかったなら、栄三から目を離さないようにと健三から頼まれていたと、私達にきっと話してくれたはずです。二、三時間、栄三を見張ったというだけなら、別に違法でも何でもありませんものね」

「全くその通りだ。もし開真が京都から帰ってくる健三を、栄三の事務所で一緒に待っていたとしたら、三つ目のコップの麦茶を飲んだ謎の人物の有力な候補者になるな。健三が事務所に帰った後、三人でテーブルに座って一緒に飲むことはごく自然だったろう」

「そうです、何らおかしな点はありません」

「だが一つ分からない問題は、この仮説にかかわりがあるんだ。つまり健三が協力を頼むため、開真と接触したやり方に関係があるな。連絡は十時十分に板東の書斎を出た後のことに違いない。というのは、それまでは書斎から一本の電話もかけられてなかったことが分かっているからな」

「そうです。健三は、開真が十一時十八分に伊部駅を出る列車に間に合うよう連絡をとったに違いありません。ですから、きっと開真は十時十分から十一時までの間に、働いていた備前の工房で連絡を受けたのですよ。でも肝心なことは、健三は開真に電話するのに、携帯電話を使っていないことです。京都への旅行の途中、弟と連絡を取るために携帯電話を何回か使っていましたが、開真に連絡した記録はなかったのですよ。もし仮説が正しいとしたら、開真との連絡には他の電話を使ったに違いありません」

「まさにその通りだな」

森本と鈴木が議論を終えた二、三分後に、大きな音を立ててドアを開け、本部長が飛び込んできた。

「おはよう、警部、ごきげんいかがかな、鈴木刑事も居たんだな？　丁度四階を通りがかったんだ。昨日の京都への旅行について気付いたほんのささいなことだが、言っておこうと立ち寄ったのだ。新幹線のグリーン車を使った出張だったようだな、快適だっただろう。しかし警察の旅費規程を知っていると思うが、新幹線の出張は普通車利用に限られているんだ」

本部長は当惑した笑いを浮かべた。

「県警本部の予算では残念ながらグリーン車が使えるほどにはなっていない。しかし、この捜査の重要性の為には、その利用がふさわしいときっと考えたんだろうな。今回だけは目をつぶっておくから、内密にしておくんだぞ、いいな。他の警部には話さないように。もし何とか問題にならずにすんだなら、誰でも使おうとするだろうからな」

26　長沢為葦の願い

電話会社から新たな報告が届いていないかどうか、鈴木刑事がパソコンをチェックしている間、森本警部は机の電話を取り上げ、板東法律事務所にかけた。すぐに板東本人が出た。

「おはようございます、警部」板東は明瞭な洗練された声で言った。「今朝はまた、どんなご用でしょう?」

「おはようございます、板東さん。朝から申し訳ありません。よろしかったら少々お時間をいただいて、長沢さんの法律問題について二、三お聞きしたいと思いまして」

「どうぞご遠慮なく、警部、全くかまいませんよ。捜査に関して、あなたが重要だとお考えになることなら、どんなことでも喜んでお話しいたします」

「それはありがとうございます。昨日朝、おっしゃっていたのを思い出しましたが、長沢さんの遺言は葬儀の後、ご家族が読まれていますね」

「ええ、その通りです」

「遺言では、窯元の所有権を娘さんに譲ると明記してあったとおっしゃいましたね」

「そうです、警部。長沢為葦先生は作陶に励んだかなり立派な工房を備前に持っていらっしゃり、死ぬ直前までその経営に携わっておられました。もちろん奥さまはずっと前に亡くなられており、ただ一人の子供である娘さんに継ぐよう託されたのです」

「娘さんは現在、経営にかかわっていらっしゃるかどうかご存知ですか?」

「そうですね、実は少しも口出しされません。素晴らしい女性で、法律問題について私は父親の為葦先生と同じように、できる限りの助力を惜しみません。しかし経営については全く関心がないようです。念のために言っておきますが、娘さんは備前焼について非常な目利きで、研ぎ澄まされた鑑賞眼を持っていらっしゃいます。それは疑いなく、父親から受け継がれたものです」

「分かりました。経営上の観点から、近ごろ長沢さんの窯元の状況はどうだったのでしょう？　うまくいっていたんですか？」

「ええ、なかなか順調だったようですよ、警部。三ヵ月前に娘さんに所有権を譲る際に、内々帳簿に関わりましたが、その時には業績の健全性など全く問題はありませんでした。先生がご存命のときには、健全な経営陣と優れた陶工のグループがあって、ご自身で目配りをされていました。今でもすべてうまくいっていることは確かです。備前焼物美術館の理事会メンバーとしての私の立場から言い添えるなら、備前地区の主な窯元のほとんどを知っていますが、先生の窯元はずっと高い評価を維持し続けていることをはっきりと申し上げることができます」

「それを聞いて安心しました、板東さん。でも、作品はもはや長沢さんの個人的な技量が望めないこともあって、品質低下を余儀なくされていたんじゃないですか？」

板東氏はため息をついた。

「その通りですよ、否定はしません。そこで先生が孫のために準備した書物に戻るのですが、私が…ええ、気になっているんですが、警部、書物についてもしかして何か新たな事実が？　どこにあるのでしょう、誰が持っているんでしょう？」

森本は板東の声に苦悩を感じ取った。

「残念ですが、まだどうなっているか分かっていません」

「ああ、そうなんですか！」板東は失望した声で言った。「ええ、二人も亡くなっているのですから、何事も分別をわきまえなければならないことは分かっています。しかし、その書物は備前焼の将来にとって、限りなく貴重なものです。為葦先生の工房では、素晴らしい作品をずっと作り続けていくでしょう。ですが、先生の個人的な技法も、書物に書かれている知識もなしに見事な先生の最高傑作と比べられるような作品を作るには、よほど運がないとだめなんです」

「それでは、その書物に書かれている内容は、長沢さんの工房の作家にとってさえも価値があるとおっしゃるのですね?」

「ええ、間違いありません。その書物の知識は、備前の工房で働く誰にとっても計り知れない価値があるものです」

「分かりました…よく分かりました。ええ、明らかに長沢さんの希望はその知識を二人の孫に伝えたかったのでしょう。もし孫の窯元がその知識の恩恵を得て運営することができていたなら、備前の他の窯元に対して、恐らく大きな強みになっていたでしょうな?」

「間違いなくそうだったでしょう、警部」

「またその結果、長沢さんが娘さんに譲った自分の窯元についても、健三さんと栄三さんが有利な立場になったでしょうね、板東さん?」

「まあ、その通りです。その点がすべて、孫の間で起きた確執に悩む先生の嘆きに戻ってしまうのです。本来、基本的な願いは、伝えた知識を兄弟二人が活用して、先生の窯元を立派に経営していくことでした。だから自分が死んだ後には、健三さんと栄三さんに自分の窯元に加わってもらうのが本当の望みだったのです。娘さんとも話し合われたことでしょう。個人的な印象では、先生は二人の間の問題が自然に解決するまで、娘さんに自分の窯元を保有してもらうことを望まれていたようです。ひとたび二人の息子が仲良く経営していけるとはっきり意思表示したら、娘さんは父親の窯元を譲られるだろうと、私はずっと思っていました。そんなわけで、先生の考え方からすると、今後願う最も重要なことは二人の孫の和解だったのです」

「ええ、よく分かります」

「ですからその書物が動機となって、二人の孫が仲直りをするきっかけになればと、望まれたんだと信じています」

「うーん、そうでしょう。しかし事態は健三さんと栄三さんの死という、明らかに違った状況に展開していったのです」

「例えようもない悲劇ですよ、警部」

「そうですな。ところで、健三さんと栄三さんの法律問題を扱いましたか、板東さん？」

「いや、扱っていません。二人はそれぞれ顧問弁護士がいます」

「二人が死んだ今、それぞれの窯元はどうなっていますか？」

「ああ、その件について、私が代理人をしている兄弟の母親に代わって調査をしました。昨日午後、それぞれの弁護士と連絡をとりましたが、二人とも遺言はありませんでした。準備はしてなかったようです。少なくとも、どちらの弁護士も知りませんでした。実際のところ、遺言がないことはその年代の者にとって全く珍しいことではありませんが」

「分かりました。二人が遺言なしに死んだことは、正確にはどんな関わりが出てくるのでしょうか？」

「まあ二人の業務はしばらく裁判所が処理することになるでしょうが、結局すべての財産は生存している最も近い親族に譲られるでしょう。二人とも結婚していないし子供もいないので、最終的にすべての財産が二人の母親の所有になるのです」

「それは二つの窯元も含まれるのですね？」

「もちろんそうです」

「それじゃ長沢さんの娘さんは結局、父親と二人の息子と合わせて三つの窯元を受け継ぐことになるんですな?」

「確かにそうなります、警部」

「なるほど」

森本はそのことをじっと考えている間、暫く会話が途絶えた。

「さて板東さん、ご協力に感謝いたします。非常に役立ちました。お忙しい中、仕事の手を取ってしまいましたが、最後にもう一つ聞かせてください。藤島さんをご存知ですか? 備前の近くに住み、以前、長沢さんの窯元で働いておられました」

「藤島さんですって? はい知っていますよ。先生から何回か聞いています」

「お会いになったことは?」

「いいえ、ありません。少なくとも仕事上の立場からはなかったと思います。これまでに会った覚えはありませんが、文書のやり取りは何回かしましたよ」

「おや、どうしてですか?」

「ええ、それは先生の遺言に関してです。先生は藤島さんの孫娘にお金を残されていました。名前は藤島愛子といいます。先生は大変気前のよい方で、かなりの金額を彼女に残されました。差し当たって私は、お金を信託資金として保管するように手配しました。そのさい、藤島さんと文書のやり取りをしました。その孫娘はまだ幼いので——正確な年は忘れましたが、お金は安全に管理されています。彼女は大人になったら一括して受け取ることになるでしょう」

27　合成糊と米糊

鈴木刑事がパソコンに向かっている間、森本警部は、板東との電話で新たに分かった情報をじっくり考えた。

「電話会社からの報告はまだかかな、鈴木刑事?」たまりかねて森本が尋ねた。

「まだですね、待っているんですが。もう来るでしょう」

その時、森本の机の電話が鳴った。二つ目のコールで、彼は電話をとった。

「神保です、森本警部ですか?」

岡山県警科学捜査研究所の神保所長からだった。

「はい森本です、おはようございます、どうされたのですか?」

「丁度よかった、お見せしたいものがあるんだが」

「そうですか、何でしょう?」

「いらっしゃればお見せしょう」

「分かりました。すぐにうかがいます」

「それでは」

電話を切り、森本は鈴木に目をやった。

「科捜研が何か見せたいそうだ。何だろうか、行ってみようじゃないか?」

「ええ、分かりました、警部」

森本と鈴木は四階からエレベーターで降り、建物の裏口から外に出た。駐車場と反対の方向に、科学捜査研究所の入っている真新しい二階建ての建物があった。二人が入り口に近づくと自動ドアが開いた。ロビーには本部長が立っており、周りはノートにメモしたり、カメラを構えたりしているリポーターの一団が囲んでいた。

「ほら、分かるように」本部長は話しながら「岡山には最先端の技術の施設があって、現在ある最高の科学機器を使って犯罪捜査をやっています。この素晴らしい岡山県警の科捜研の設立責任者だったことを非常に誇りに思っています」

本部長はリポーターに穏やかな微笑を投げかけた。

「しかしながら、議会の同意を得るのが簡単な仕事だったと、勘違いしないでください。そう、たやすくはなかったんです。予算を獲得するまでには大変な苦労でした。しかし、私は決して自分の意志を曲げずにやり遂げたのです。岡山県警の本部長として、県民の福祉と安全に影響する科捜研設立は、私の重要な仕事の一つだと思って頑張りました。新しい科捜研が、この立派な都市の住民に価値のあるものだということには、いささかの疑問もありません。この事業計画の資金を、国からも獲得したことを知っておいてください。お分かりの通り、岡山県警が国内で最も大きな県警というわけではありません。しかし東京の本庁でも大変高い評価を得ていることは確信を持って言えます」

本部長はもう一度、リポーターに穏やかに微笑んだ。

「とにかく、この研究所は岡山県民みんなが非常に誇れるものなのです。非常に優れたスタッフが揃っており、日本の最高の科学者も何人かこの施設で働いてもらっています。我々はまさに最新の科学捜査の施設にいるのです…つまり私が困難を極めて勝ち取ったこの新しい岡山の施設こそが、科学捜査の最先端なのです。皆さん書き留めてもらえましたかな?」

本部長は間合いを置き、自分が話したことを、リポーターがきちんとメモするまで待った。

「さて、他にお知りになりたいことは? 間もなく次のテレビ中継の会見を開きますが、きっと皆さん期待されていることと思います。それまで時間がもう少しありますが、新しいパトカーをお見せしましょうか？　どれも先月到着したばかりで、まだ新車のにおいがしているのですが」

森本と鈴木は、本部長とリポーターの一団から逃れ、建物の中央廊下を進んだ。明るい広々とした研究室がのぞきこめるいくつかの大きな窓を、右手に見て通り過ぎた。研究室には、試験管台や様々な種類の複雑な電気機器がある作業台の列が並んでいた。廊下左手は、職員の部屋に続いていた。二人が近づいたとき、所長室のドアは開いたままだった。森本は二回ノックして入っていった。

神保は座っていた机から、森本と鈴木を見上げた。頭が禿げ上がった小柄な人で、丸顔で濃い口ひげを蓄えており、左胸ポケットに三本のペンを差した長い白衣を着ていた。分厚い丸い眼鏡を鼻先に不安定にかけ、しかもその一方が明らかにゆがんで片方より高く斜めになっていた。

通りすがりに今見たばかりの、細部まで整理されている研究室とは対照的に、神保の執務室はひどく乱雑だった。部屋いっぱい床にまで書類や雑誌が散らかり、調べかけの科学雑誌が開いたまま置かれていた。

「ああ、来たな」神保は単調な声で言った。

「こんにちは、所長。ご機嫌いかがですか？　何か見せていただけるものがあるそうですが？」

神保は引き出しを開けて、透明なビニール袋を取り出した。広げている書類や開いたままの本を積み重ねて、机中央に空けたスペースにその袋を置いた。

「何か分かるかな？」神保は言った。

神保が座っていたいすの他に、執務室にあるもう二つの椅子には、技術雑誌や機関誌が積み上げられていた。森本はかがんで、椅子に積まれたものを抱えた。

「これらをどこに置きましょうか？」彼は尋ねた。

「何、ああ、どこか床にでも置いてくれ」

鈴木はもう一つの椅子に置かれた雑誌を片付け、森本の横に座った。二人は神保が取り出した袋を見た。

「健三と栄三のポケットにあったフェノトロキシンの二つの空瓶ですね」森本は言った。

何の返答もなく、神保は引き出しからもう一つの袋を取り出し、机の中央の最初のものの隣に置いた。

「これは分からないだろう」彼は言った。「では、お教えしよう。現場で山田巡査部長が見つけた四本のフェノトロキシンの瓶だ。六本ごとに詰めてメーカーから出荷された箱から取り出されたものだが、その箱から二本なくなって四本になっていたんだ」

「ええ、そういえば、巡査部長の報告では、栄三の事務所にあったフェノトロキシンは、二本なくなっていた箱を除くとあとは全部揃っていたようですね」

神保は椅子の背にもたれ、森本と鈴木を無表情に見た。

「それらの二つの袋に入っている瓶に違いがあるんだ」神保は言った。

神保の言ったことを、二人が心に留めるのに暫くの沈黙があった。

「ええ、違っています、所長」森本は言った。「まったく見た通りです。最初の袋に入っていた二本の瓶は開けられていて空です。二つ目の袋には四本入っておりまだ開けられていません」

神保の表情は全く変わらなかった。

「他にも、違っているところがあってな」彼は一本調子に話した。

森本は二本の開いた瓶の入っている最初の袋を取り出し、さらに注意深く調べた。小さな四角い瓶は透明なガラスでできており、金色に光っている口金のシールは破れていた。しかし口金は瓶が空になってから締められていた。瓶の一方には青い字で印刷された白いラベルがはられ、「アマルガメイト・ケミカル社製フェノトロキシン」と読み取れ、会社のロゴマークとともに、嚥下厳禁という警告もあった。

森本はその袋を鈴木に渡し、四本の開けられていない瓶の入った二つ目の袋を手にして注意深く調べた。

「瓶はどれも同じに見えますが」森本は言った。「外見からは、全く同一のものといわざるを得ませんね」

森本は、その袋も鈴木に渡した。

「どう思うかな、鈴木刑事?」

鈴木は二つ目の袋に入っている瓶を調べた。

「私も同じに見えます。どこが違っているのか分かりませんね」

「確かに瓶はすべて同じように見えるんだが」神保は言った。

「では何が違うのですか?」森本は尋ねた。「すべて四角い透明なガラス瓶ですが」

「四角い透明なガラス瓶」神保は繰り返した。

「そして口金もよく似ています」

「口金も似ている」

「それからラベルも違っていません」

「ラベルも違ってはいない」

森本は分からなくなって頭をかいた。

「では、フェノトロキシンについてどうでしょう?」彼は提示した。「違っているのはそれですか? 二つの空瓶からフェノトロキシンの成分を採取できたんでしょう、所長?」

「そう、できたんだ。空瓶に残っていた痕跡を、確認して分析してみたんだよ」

「それで多分、二本の空瓶のフェノトロキシンと他の四本、もっともこれらの瓶はまだ空けられてはいないのですが、それとの違いが分かったんでしょう」

「そのことも検討したんだ。というのは、時には二つの検体が、別の製造工程で作られたものかどうか分かることがあるからな」

神保はあたかも学会の会議で、部屋いっぱいの研究者に講演をするように話した。

「確かにそういうこともあるのだが…」彼は続けた。「例えば、時間がたつに連れて変質する特性を持つ化学物質もあるということもな。その場合には二つの検体の経年を比べることもできるかもしれない。しかし、フェノトロキシンはそのようなものとは全く違うんだ。いったん製品になると極めて均質なものになってしまい、原料の違いを見分けられないのだよ」

森本と鈴木がもう少し考えている間、暫くの沈黙があった。

「それでは」森本が言った。「二種類の瓶には、どんな違いがあるのだろう。何か他にあるかな、鈴木刑事?」

鈴木は肩をすくめ、身を乗り出して机の中央のスペースに袋を戻した。

「いいえ、全く見当がつきませんね」彼女は言った。「瓶を見ただけでは、それがどのように違うのか全く分かりません」

「もう降参です、所長」森本は言った。「一体、どこが違うのか教えてください?」

「糊だよ」神保は答えた。

「糊ですって?」森本と鈴木は同時に叫んだ。

「その通り、糊だよ」

かなりの沈黙の時間が続いた。

「ああ…なるほど、分かりました」鈴木が、たまりかねて言った。「瓶にラベルを貼るのに使われている糊のことですね」

「そうだ」

神保は机によりかかって、白衣の上着の胸ポケットからペンを取り出し、開いてない四本のびんが入っている袋を突ついた。

「これらの瓶のラベルを貼るときは合成糊を使っているんだ」神保は言った。

それから、ペンでもう一つの袋を突ついた。

「しかしこれらの瓶に使われていたものは、混じりけのない天然糊―米で作った糊だ」

森本はゆっくりうなずいた。

「分かりました、ええ、よく分かりました。二つの糊が違う種類だというわけですね?」

「全く違っている」

「どうして、糊が違うと分かったのですか?」

森本の質問は、神保には心外だった。

「そんなのは、取るに足りないことだ、朝飯前だよ。機器で瓶を詳細に調べると、すぐに分かるんだ」

「そうですか、見事なものですね、実に価値のある情報です。ところで、栄三の事務所にあった他のフェノトロキシンはどうでした? それらもまた全部調べたのでしょう?」

「巡査部長が持ち込んだのは、二本の空瓶と、二瓶なくなっている箱にあった四本の瓶、またそれぞれ六本ずつ入っている他の十四ケースだ。それらすべてを調べてみた。瓶の詰まっていた十四ケースは合成糊で貼られており、この机の上にある四本のものと同じものだった」

「そうですか、それは大変参考になります。教えていただきありがとうございました」

神保は無表情のままだった。

「君らに役立つだろうと思ってな」

森本と鈴木は、廊下を戻っていく途中、技官達が忙しそうに真新しい作業台についているのを見ながら科捜研を出た。県警本部裏の朝日を浴びている駐車場を横切り、二人は執務室へ向かった。

「糊についてよく知っているかな、鈴木刑事?」

「そうですね、米がよい糊になることは知っていますよ。小学生のとき自分で糊を作りました。ひいて粉にした米をしばらく煮て、それから冷やすだけです。とりわけ紙とかそんなものを貼り付けるのに、非常に効果的ですよ」

「そうだ、米の中のでんぷんにそのような効果があるんだ？」

「その通りですね、警部。乾くと米糊は透明になります。子供のころ、祖母はご飯粒を糊として使っていました。封筒を貼るときに台所から一粒とってきて、糊付け部分に塗りつけてから押さえて閉じていました。いつもうまく貼れていました、今の合成糊と同じようでしたね」

28　生産ラインの転換

森本警部と鈴木刑事が執務室に戻ったのは、十時ちょっと前だった。

「アマルガメイト・ケミカル社のフェノトロキシンに詳しい人と話す必要がありそうだな」

「そうですね。ウェブサイトを検索していますが……ええ、これこれ、きっとこれが電話番号です」

鈴木はしばらく電話をかけた。

「よく分かる人物をどうにか探し当てました。横浜の製造工場に居る茅野という人につながっています。今、お回しします」

森本は電話器を取った。

「おはようございます、茅野さん」

「おはようございます」

「岡山県警の警部、森本と言います」

「はい、今お聞きしました」

茅野はひどく疲れていたのか、その声色から気分があまりよくなさそうだった。

「亡くなった長沢健三さんと栄三さんについて調べています。よろしかったら、製造しているフェノトロキシンについて二、三お尋ねしたいのですが？」

茅野はため息をついた。

「はい、もちろんかまいません、警部。お問い合わせがあると思っていました。当社はどんな質問にもお答えして、捜査には全面的に協力いたします」

「それはどうもありがとうございます。そちらは横浜でしょう？」

「そうです。横浜工場で当社のフェノトロキシンのすべてを製造しています」

「分かりました。それは、会社にとって大規模な扱いがあるものですか？」

「いいえ、そうでもありません。顧客は陶芸業界だけです。でも日本中のあちこちの地域に出荷され、少しばかり輸出もしています」

「競争相手の会社がありますか?」

「いいえ、国内にはありません。国内で製造しているのは、当社だけです」

「あなたは横浜工場の責任者の方ですか?」

「いいえ、違います。フェノトロキシンの製造を担当しているだけです。この工場では大変多くの製品を作っており、これもほんの一つにすぎません」

「分かりました。長沢兄弟がその薬品で亡くなったことは知っておいで"でしょう?」

「はい、みんなもよく知っていますよ。昨日朝、事件が報道されてから、周囲は非常に慌ただしくなっています。国中の様々な新聞や雑誌のリポーターが、取材しようと躍起になっています、テレビも言うまでもありません。どのような状態か信じられないでしょうね。会社の玄関前にテントを張り、居座っているテレビ取材班もいるのですよ」

「大変ですね」

「確かに多忙を極めています。しかし、フェノトロキシンについての情報を求められる責任の重大さを認識して、メディアからの質問のすべてを取り扱う広報課を設けました。でも、警察には私自身が責任を持って協力いたします」

「それは、ご親切にありがとうございます、茅野さん」

「どういたしまして。申しましたように、この事件について、遅かれ早かれ、警察から私達に問い合わせがあると思っていました。どんなことをお知りになりたいのか、よく分かっているつもりです。フェノトロキシンは味のない透明な液体で、少量で致死量に達します。一瓶もあれば人も十分に殺せます。もし気付かれずに毒殺するなら、いろいろな点で申し分のない化学薬品だと言えます。しかし陶芸業界以外の大方の人は、恐らく聞いたこともないでしょう。とにかく、これと同じように人が殺せる化学薬品は他にもたくさんあります。私のように化学工場で生涯過ごしていれば、様々な変わった製品に出くわすものです」

「ええ、きっとそうでしょうな」

「そして、これまでにフェノトロキシンで死んだ者がいるかどうか、リポーターから何度も尋ねられました。警部は、私以上にその答えをご存じかもしれませんね。これまでにいたかどうかは分かりませんし、そのような記録もとってはいません。いずれにせよ、陶芸業界に深くかかわっている人は誰でも、遊び半分で扱うものではないということを肝に銘ずるべきだと思います。瓶にもはっきり分かるように警告をしています」

「ええ気付いていましたよ」

「我が社では、備前の主要な窯元すべてに出荷しています。無論、健三さんと栄三さんのそれぞれの窯元や、祖父の長沢為葦さんが生前に持たれていたところも含まれます。これもリポーターが興味を示す別の一連の質問のようです」

「そうですな」

「これが申し上げられるすべてですが、言い添えるなら、我が社の社員みんながその悲劇にひどく落胆しているということです。ここ二、三日はとてもつらい日になっているのですよ」

「話していただいたことは非常に役立ちました。しかし、他にお尋ねしたいことがありまして、とりわけフェノトロキシンの瓶に貼っていたラベルについて関心があるのですが」

「え、ラベルですか？　瓶にはすべてラベルを貼っています。記入しなければならないことは満たしています。申しましたように、嚥下厳禁の警告も瓶にはっきりと書いています。会社の法律に関する部署では、そのような問題に十分注意を払ってきました。ラベルについてその部署とお話しになりますか?」

「ああ、いえいえ、茅野さん、ご心配にはおよびません。ラベルの内容には全く問題ありません。お尋ねしているのは、ラベルをどのようにして瓶に貼っているかということです」

「貼り方ですか?」

「そうです」

森本の質問の向きに、茅野はすっかりまごついているようだった。

「えーと…まあ警部、それは自動的にです。何か問題がありますか? ラベルがはがれたとか? 本来どんな問題もないはずです。生産ラインとしては、機械で瓶を洗い、ラベルを貼り付けてフェノトロキシンを入れ、ふたを閉めて箱詰めします。もちろん、係員が製造工程を見守っていますが、作業はすべて自動的に行われます。また実際、その機械で瓶にラベルを貼っています。どうして製造過程にそれほど関心をお持ちなのですか?」

「そうですね、糊なんです、特別に関心を持っているのは。瓶にラベルを貼るさい、どんな糊を使っているのでしょうか?」

「え、糊ですか。長い間、この施設全部で普通の化学糊を使っていました。しかし、今年の初めに、天然の米糊に切り替えています。それが、そんなに重要なことなのですか?」

森本の質問に、茅野は当惑したようだった。

「ええ、まあそうでしょうな。それでは、昨年まで使っていた糊は、合成糊だったんですな?」

「そうです、実のところ、私達の会社で作ったものの一つです。アマルガメイト・ケミカル社には糊の製造ラインもあるのです」

「そうですか、いつから米糊に変えたのですか?」

「一月の終わりごろでした。正確にお知りになりたければ記録を調べてみましょう。伝統的に昔から、ラベルを貼るのにずっと米糊を使っていました。天然の糊は大変うまくつきます、悪いところは何もありません。しかし五十年ほど前から自前の合成糊に替えています。当時の近代化の一環だったのでしょう。でも近年の〝基本に戻ろう〟というキャンペーンで、経営者は昨年、米糊に戻す決定をしたのです。それは恐らく環境団体に対するささやかな配慮でしょう。とにかく米糊は安いし、接着力も非常に優れています。だから、個人的にその切り替えは素晴らしいよい決断だったと思いました」

「分かりました、一月の終わりまでに製造されたフェノトロキシンの箱には、ラベルを合成糊で貼った瓶が入っており、その後の製品は米糊を使っているんですな?」

「はい、その通りです。もちろん、製品の箱は小売店や顧客の元に運ばれる前に、倉庫で保管していますす。ですから前の糊の製品も、二月や三月になっても出荷されていたでしょう」

「よく分かりました。いつも六本入った箱で売られていますか?」

「ええ、その通りです」

「お尋ねするのですが、茅野さん。合成糊の瓶と米糊の瓶が同じ箱に入って売られるということがありますか?」

「いいえ、絶対にありません。六本入りの箱の中は、同じタイプの糊でラベルを貼ったものばかりです。前のタイプのものが売られていないと言っているのではありません。流通機構の関係でまだ売られていることも考えられますので、ある箱のタイプの糊と、別の箱の違ったタイプの糊の製品を買うということは考えられます。しかし同じ箱には一貫して同じ糊が使われたものばかりです」

「絶対にそうだと言えますか?」

「絶対に間違いありません─百パーセント保証します。糊を変えたときは、生産ラインを完全に止めました。私は自分で管理してやったのでよく覚えています。糊を切り替える前に作った箱には、すべて合成糊を使った瓶が入っていたはずです。その合成糊の瓶のラインを閉鎖してしまった数日後に生産ラインを再スタートしたときには、すべての新しい箱は米糊でラベルを貼った瓶が詰められていたはずです。一つの箱に異なる糊が混在して出荷されることは絶対にあり得ません。全く想像さえできません」

「分かりました。お手間を取らせて申し訳ありませんでした。お話は大変参考になりました」

「どういたしまして。ところで、それは…その、糊の種類が、兄弟二人の毒死とそれほど関係があるのですか？」

茅野は話し始めたころに比べ、ずっと意気が上がっていた。それは糊の種類について興味を示す森本の捜査への好奇心が、大いに頭をもたげてきたためのようであった。

「関係あるかもしれません、今すぐにはお話しできませんが」

「そうですか…なるほど、きっとただならぬことでしょう。とにかく、用心したほうがいいようですね。糊付けの転換が捜査に少しでも関係しそうだと新聞にでも漏れると、電話攻勢にさらされる準備が必要になるでしょうから。ラベルや糊についての問い合わせが殺到するでしょう。広報課にすぐ伝えておかなくては！」

29　二本の瓶の出所

鈴木刑事は、熱いお茶を森本警部に手渡した。フェノトロキシンの瓶から分かった事で推測される意味について二人は考えた。

「神保所長と茅野からの情報が、水曜日の午後、栄三の事務所で起きた事件解明について、新たな手掛かりになるかな、鈴木刑事？」

鈴木は席に着き、腕組みをした。

「そうですね、警部、状況はこうでしょう。その午後、栄三の事務所には十五箱のフェノトロキシンがあり、十四箱は六本ずつ瓶がいっぱい詰まっていました。しかし十五箱目の一番上に積まれていた箱だけは四本しかありませんでした。つまり合わせて八十八本の瓶があったわけで、どれも開けておらず、ラベルも合成糊で貼られていました」

森本はうなずいた。彼は湯飲みを両手で持ったまま、脚を机の角に上げていた。

「それから事務所には二本のフェノトロキシンの空瓶もあったのでしょう、警部。その瓶は、健三と栄三のポケットにありました。でも二本の瓶のラベルは米糊で貼られていたのです。これは神保所長の話から分かったことですね」

鈴木は湯飲みを持って一口飲んだ。

「この新しい事実に気付くまで…」彼女は続けた。

「兄弟二人のポケットに入っていた二本の瓶は、事務所に積み上げられていた箱のうち、二本だけなくなっていた一番上の箱から抜き取られたものに間違いないと思われていました。しかし茅野の話から、それは考えられなくなりました。一つの箱に、二種類の糊を使った瓶が交ざることは絶対にないそうですからね。二人のポケットの空瓶は、栄三の事務所にあった、二本なくなっていた箱のものではないことになります」

「それでは二本の空瓶はどこから持ってきたのだろうな？」

「そうですね、その日の午後、誰かが栄三の事務所に持ち込んだのは間違いありません。それは兄弟両方か、あるいはどちらか一人だけだったのか、また他の人物だったかもしれません。事実、テーブルの上にあった空のコップを使った第三の人物が持ち込んだとも考えられますね」

「そうだ、そのようだな。しかしまず、兄弟の一人か、または二人が揃ってフェノトロキシンを事務所に持ち込んだと仮定してみよう。なぜそのようなことをしたのかな？」

「もしどちらも一本ずつ瓶を持ち込んだとしたら、表面上それは二人とも自殺で、あらかじめ計画していたという仮説を裏付けるように見えますね。いずれにしても、実際に心中だったと推論すると、衝動的にしたはずはありません。というのは、もし兄弟が栄三の事務所で顔を会わせた際、何らかの理由で突然それぞれが服毒自殺をする決心をしたのなら、その事務所にあったフェノトロキシンを使ったはずです。二人が瓶を持ってくるはずはなかったでしょうからね。ですから、もし心中だとすれば、すべて前もって計画していたと考えざるを得ません」

森本はうなずいた。

「そうだな、重要な点だ」

「でも、もう少し注意深く考えたら、もはや心中説は全く合いません。というのは、健三と栄三には簡単にフェノトロキシンが手に入ることは明らかです。だから栄三が瓶を持ち込むのは不自然ですね。岡山の事務所にたくさんあるのを知っていたはずで、どうして別の瓶を持ってくる必要があったでしょう？」

「ああ、よく分かった。栄三はその週の初めに備前の工房から瓶を持ち出し、それがまさに米糊を使った瓶だったのかもしれない。しかし岡山の事務所で自殺するつもりなら、一体どうして持ち込む必要があっただろう？　栄三は、岡山の事務所に有り余るほどあることを、知っていたに違いないのだからな」

「確かにその通りですね。もし前もって計画された心中なら、明らかに二人は話し合っていたでしょう。健三は、フェノトロキシンが栄三の事務所にもあることを、恐らく弟から知らされていたはずです。従って、健三も持ってくる必要がないことは分かっていたでしょう。ですから、すべてを考慮してみますと、二人が死ぬのに使われた瓶が栄三の事務所以外から持ち込まれたという事実は、結局、兄弟の心中説に無理があるということですよ」

「ああ同感だ、鈴木刑事、全くその通りだな。では、殺人とそれに続く自殺という可能性を考えてみよう」

「そうですね、その筋書きでは兄弟どちらかがもう一人を密かに毒殺して、その後で自分も毒を飲んだのでしょう。その場合、殺人者のほうがフェノトロキシンの瓶を両方持っているはずで、殺した後に兄弟のポケットに空瓶を入れておいたに違いありません」

森本はうなずいた。

「でも、この場合も同様に、栄三は事務所に瓶があるのを知っていたのですから、わざわざ持ち込むのは理屈に合わないでしょう。それに健三が京都から戻ってくるまで、栄三は自分の事務所で一人だけの時間が十分ありました──必要なら事務所に保管してある箱から二本の瓶を取り出す時間がたっぷりあったのです。もし殺人と自殺だったとしたら、当事者は健三のはずです」

「そうだ、説得力のある説明だな。もし健三が自殺する前に栄三を殺したとするなら、新幹線で京都から栄三の事務所に戻ったとき、健三は二本の瓶を持っていたに違いないな」

「それは栄三が裏切ったため、健三が怒ったという可能性にぴったり合います。京都から帰り、打ち合わせていた通り栄三の事務所に行った際、健三は祖父の書物を分け合うことを期待していたでしょう。でも、もし栄三が健三を欺こうと決めていたなら、どんなことになったでしょう？　恐らく栄三は書物を隠してしまい、結局、健三に分けるつもりはないと言ったのでしょう。それを知った健三はどうしたでしょうね？」

「まあ、かなり怒ったと思うな。それが弟を殺す動機になったんだろうな」

「その通りですよ、警部。そして栄三殺しで起訴され裁判にかけられることを苦にして、後で自殺したのかもしれませんね」

「十分考えられるな、鈴木刑事。そうだったとしたら、長沢の書物は今どこにあるのだろうな？」

「多分、栄三がそれをどこに隠したにせよ、山田巡査部長が徹底的に調べたのですから、栄三の事務所でないことは確かです。従って栄三が兄を裏切ったとしたら、健三と自分の事務所で会う前に書物をどうにかしたに違いありません。自分で隠したか、誰か他の者に託したのかもしれませんね」

「ああ、そうだろうな。もし栄三が裏切ったために健三が殺したのなら、その点に関して健三は、栄三の事務所に着くまでに、弟が騙すかもしれないと考えたに違いない。だからフェノトロキシンを持っていたんだ――不測の事態に備えてな」

「その通りです。その考えは京都への行き帰りの新幹線に乗っているときに思い付くことだってできますよ。健三は列車に座っている間、自分の立場をあれこれ考える時間がたっぷりあったでしょう。もし弟を完全に信頼できるとは考えていなかったなら、裏切られるのを心配していたに違いありません。それで栄三と会うのに、フェノトロキシンを持っていく考えが浮かんだのでしょうね」

「どこで二本の瓶を手に入れたのだろうか?」

「そうですね、普通に考えると、それは持ち運ぶようなものではないのですから、その朝十時十分に板東の書斎を出たときから、午後二時過ぎに栄三の事務所に着くまでの間に、手に入れたに違いありません。健三が岡山に帰ったとき、栄三の事務所に行く前に自分の事務所に立ち寄ったとするとうまく説明できます。栄三が岡山事務所に保管していたのですから、同じように健三も自分の事務所で調達できます。栄三と会う前に、自分の事務所に立ち寄って二本の瓶を持ち出すことができたはずです」

「ああなるほど、鈴木刑事、それは道理にかなうな。今朝、健三の岡山事務所から巡査部長が帰るとき、そこにフェノトロキシンがあるかどうか確かめるべきだな。しかし、開真が水曜日の午後三時前まで健三の事務所に居たが、その日には健三と全く会わなかったと言っていたことも忘れてはいけないな」

「うーん…その通りですね、警部。恐らく開真は、真実をすべて話しているわけではないでしょう。結局、健三が何とか開真と連絡を取り合って、岡山に帰ってくるまで栄三を見張っておくように頼んでいたという仮説を話し合いました。誰にも分かりませんが、もしかしたら健三は、備前の工房から二本のフェノトロキシンの瓶を持ってくるよう、開真に頼んだのかもしれません」

「ああそうだな、そういう可能性も考えられる。もし健三が開真に、栄三を見張るようにと手配していたのが本当だとしたら、栄三には書物を隠して欺く機会がなかっただろう。そうなれば健三が、弟を殺そうとする理由はなくなってしまうな」

「ただし、それは最初から栄三を裏切ろうとしていたのが健三ではなかったとしての話です。ことによると健三が、祖父の書物を手に入れたら弟を殺そうと初めからずっと考えていたのかもしれません。でもその場合には、どうして自殺する計画まで立てたかがはっきりしませんね」

森本は飲み干した空の湯飲みを机の上に置き、窓の向こうに広がる、美しく晴れ上がった春の朝の青空を眺めた。鈴木はパソコンの画面をチェックしており、二人がそれぞれの思索に没頭している間、執務室は物音一つしなかった。

「当然のことだが…」森本はようやく言った。「第三の人物が、兄弟二人にも全く知られないで栄三の事務所に二本の瓶を持ち込んだ、という可能性も考える必要があるな」

「そうですね。そうなると兄弟は、その第三の人物に殺された可能性が強くなります。兄弟を毒殺した後、その人物は、二人が心中したように見せるため、ポケットに空瓶を入れておくだけでよかったのでしょう」

「その上、二人の殺人はあらかじめ計画されていたのではないのか？　栄三の事務所に立ち寄った誰かが、たまたま祖父の書物を持っていた二人を見て、突然、毒殺してそれを奪おうと考えたとも思えないしな。二本のフェノトロキシンの瓶を持ち込んだ人物がいたという事実が、事前に計画された犯罪だったことを暗示しているのではないかな？」

「全くその通りですね。もし書物が殺人の裏にある動機だと仮定しますと、第三の人物が栄三の事務所に行く前に、書物のことを知っていたこともまた示唆していますね」

「ああ、そうだな。以前論議したと同じ質問に戻るのだが——誰か他にあらかじめその書物について知っていた者がいたんだろうか？　それに栄三の事務所で兄弟が会う手筈になっていたこともだ？」

「そうですね、前に言いましたが、兄弟どちらかに事のあらましを教えてもらった誰かだと思います。

でも、もし開真と遠藤のどちらも言っていることが正しいなら、健三と栄三が水曜日に岡山へ出向く本当の理由を隠していたように思われますね。長沢の比類のない知識を間もなく手に入れるにしては、工房の様子は特に緊張しているようでもなかったですもの」

「その通りだ。健三が岡山へなぜ来るのか、開真は聞いていなかったようだし、遠藤も保険のことで栄三が佐々木と会うということだけしか知らされていなかったようだ」

「しかし、このうち一人が嘘を言っているのかもしれませんね。健三が京都へ向かう列車に乗っていた朝十時三十三分、板東の書斎に居た栄三が遠藤に電話したことは分かっています。私達が知っている限りでは、健三から暗号の知らせを待っている間、栄三は何もすることがなく、いつか健三を殺してやるとでも遠藤に電話していたのかもしれません。栄三が、板東法律事務所でその朝起きたすべてのことを、遠藤に話していたことは十分考えられます」

「よい指摘だ。遠藤は兄弟が祖父の書物を手に入れようとしていることを知らされ、午後に健三と栄三が会うことになっていたことも教えられたのだろう。もし、その書物を手に入れるために二人を殺すことを決意したなら、岡山に来るとき備前の工房から二本のフェノトロキシンの瓶を持ってくることができたはずだ」

「まさにその通りです、警部。その上、栄三がかばんと書物を持って板東の事務所を出てから、何をしたか分かっていませんね。その時点で誰かと連絡をとり、起こったことを全部話したのかもしれません。さらに健三が、開真に連絡して栄三を見張るように頼んだのなら、その書物や午後に会うことを全部、開真に説明していたと考えられます」

「そうだ、それが開真に、兄弟の毒殺と書物を独り占めることを思い付かせたのだ。丁度遠藤と同じように、備前の健三の工房を出る前に二本の瓶を手に入れる時間は十分にあったのだ」

「確かにそうですね。同時に、板東と藤島のことも忘れてはいけません。二人とも書物のことをよく知っていました。藤島は、かばんがいつ兄弟に渡されたか知らないと言いました。でも、もしそれを何とかしてつかんだら、その日の出来事を監視するために、岡山に居たのは当然でしょう。また板東は、栄三が書物を持って法律事務所を出たときに、誰かに後を追うよう手配していたことも考えられますね」

「そうだ、前にも話したが、板東と藤島が互いに通じ合えば、兄弟を全く無視してかばんから書物を取り出すこともできただろう。しかし一方で、恐らく二人は兄弟から最後に書物を取り上げるまでは、長沢の計画をそのまま続けていく方が賢明だろうと考えたんだな」

「そうですね、警部。もし板東と藤島が共同で謀議を企てたとしたら、板東は兄弟にかばんを渡そうとしていることを藤島に知らせることができ、藤島は書物を持って法律事務所を出る栄三を追跡することもできたでしょう。その日の午後、兄弟を毒殺することもできたはずです。藤島は備前焼の仕事一筋に過ごしたのですから、フェノトロキシンについてもよく分かっていたに違いなく、どのようにすれば手に入るかも知っていたでしょうからね」

森本はうなずき、板東と藤島が殺人や盗みなどの違法行為に加担した可能性について考えながら、ゆっくりとあごを撫でた。

「ところで鈴木刑事。神保所長と茅野から聞いた情報から、もう一つ解かなければならない謎が出てきた。それは栄三の事務所の一番上に積んでいたフェノトロキシンの箱の中の二瓶がなくなっていたことなんだ。その二本は最初、健三と栄三の毒殺に使われていた瓶だと、当然のように考えられていた。しかし今では、二人のポケットから発見された瓶は、他から持ち込まれたことが分かった。そこで新たな問題に直面しているのだ。つまり栄三の事務所からなくなった二本の瓶はどうなったのだろう？　どうも釈然としないな」

「それは重要なところですね。水曜日夜に会った遠藤の話では、備品は備前の工房に運ぶまで岡山事務所に保管しているそうです。そして必要になったときに備前に運んでいるのでしょう。でも誰かが箱を開けて二本だけ持ち出したというのは奇妙な話です。もし備前で必要になったのなら、どうして箱ごと持っていかなかったのでしょうね？」

「その通りだ。誰かフェノトロキシンを一瓶単位で使うような者が居るだろうか？」

「聞いたことからすれば、それは陶芸業界で使うだけだそうですね。茅野も、アマルガメイト・ケミカル社が売っているフェノトロキシンの顧客は、陶芸関係だけだと言っていました。ですから備前の工房でしか使われないものでしょうに、どうして誰かが、岡山で使いたかったのか理由が分かりませんね」

「そうだ、実におかしい、妙なことだな。二人の死体が見つかった栄三の事務所に、積み上げられていたフェノトロキシンの箱のうち、最上部の箱の一部がなぜなくなっていたのか説明できるかな？　なくなった二瓶は、兄弟を毒殺するためだけに必要だったのだろうか、もっとも兄弟のポケットにあった瓶は、決してその箱のものではないのだが？」

「ふーん…大きな謎ですね、警部」

30　意外な場所からの電話

森本警部が、栄三の事務所の箱からなくなっていた二本のフェノトロキシンの瓶のことを考えている間、鈴木刑事は、パソコンに入っている連絡事項のチェックをしていた。

「ああ、依頼していた通話記録が届いています、警部。えーと…見てみましょう？　栄三の岡山事務所の通話記録がありました。まず水曜日はどうでしょう、何もありません、全く何も。二人の死体が発見されたその事務所の電話は、水曜日には全然使われていません。誰もかけていませんし、かかってきてもいませんね」

「それは面白い。ということは、栄三は祖父の書物を手に入れてから、誰とも連絡をとっていないことになるな？」

「なるほど…栄三が水曜日、十二時十五分ごろ書物を手にした後、その日は自分の携帯からかけていません。さらに板東の書斎に電話がないことも分かっています。そこで、もし栄三が板東宅を出て直接、自分の岡山事務所に戻っていたのなら、その事務所から誰とも電話で連絡を取り合っていなかったことが今はっきりしました」

「その通りだ」

「もちろんその日に、板東の事務所で健三と会うことを、栄三が事前に誰にも話していなかったという確証はありません。十二時十五分に板東の事務所を出てから、何をしたかは本当に分かっていません。ただ確かなことは三時五十五分に、栄三は死体となって自分の事務所で発見されたことです。もし京都から健三が戻ってきてすぐに栄三と会ったとすると、丁度二時過ぎにそこに居たに違いないことになります。しかし、十二時十五分から二時までの間に、栄三がどこかで誰かと会った可能性も無視できません。その時間帯で分かっていることといえば、健三が京都駅からかけた電話を、栄三が十二時四十一分に、自分の事務所で受けたということだけですよ」

「とても重要なポイントだな、鈴木刑事」

　鈴木はもう一度、パソコンの画面を見た。

「通話記録がここにもあります…これは健三の岡山事務所からのものですが、ああ、これも水曜日には何もありませんね。健三の事務所の電話はかけても、かかってきてもいませんでした」

「開真は正午から午後三時まで、事務所で働いていたと山田巡査部長に話している。それが本当なら、電話以外に、いろいろなことをしたに違いないな」

「そのようですね。備前にある健三の工房の通話記録も届いています。工房には四本の電話が引かれており、それぞれ違う番号です。水曜日にはたくさん電話をかけており、かかってきてもいました。でも、健三と開真の間で早朝の通話があるかどうかみてみましょう。何時でしょうか？　ああ、これこれ、八時一分に四分間話しています。開真の部屋の電話に間違いありませんね。とにかく、健三の通話記録と、開真が巡査部長に話した内容とも合っています」

「分かった、その朝、他にもたくさんの電話が工房にかかっていたんだな？」

「その通りです」

「それでは、もし我々の仮説が正しいとしたら、健三は開真に連絡して栄三の後を追うよう頼んだ。それで、連絡を取り合った時間枠を狭めることができるな？」

「ええ、できますね。それは明らかに十時十分ごろ、健三が板東の事務所を出た後だったでしょう。それで開真は十一時十八分の列車に間に合ったのです。まだ約一時間残されていますよ。今それらの電話を調べています、ああ、まだかなりあります。電話がどこからかけられたか詳しく調べることができます。もちろん既に分かっていたのですが、健三の電話はありませんでした。大半の電話は備前地区からでしたが、岡山からもあり、大阪と東京からも二、三ありました。また広島からも一本かかっていました」

「もし健三がその時間、開真に電話をしていたとして、しかも携帯電話でなかったなら、それは公衆電話を使ったに違いないな。多分、岡山駅だろうな」

「いいご指摘ですよ、警部、でも公衆電話からの通話記録もありません。あ、ちょっと待ってくださいい…十時三十五分のこの電話ですよ。八時一分の健三からの電話と同じ番号へかけられています。ですから開真の部屋へかけられたと思われますね。この電話は何でしょう？　普通の電話ではありません、業務用や住宅用の電話でもありません。もちろん携帯電話でもなさそうです。非常に変ですね―どうなっているのでしょう？　かなり変わった番号で見たことがありません」

「そうか、時間が十時三十五分で、電話をしたのが健三だったとしたら、それは、そこしかないんだ。それは…」

鈴木はパソコンから目を上げて、森本の言った言葉に続けた。「新幹線です。そう、もちろんそうです、警部。調べてみます。どの新幹線にも公衆電話があります」

鈴木は意気込んでキーボードを打ち込んだ。

「JRのウェブサイトで新幹線について調べることができます。健三が実際に乗った列車を見つけてみましょう…それは、水曜日朝十時二十七分に岡山駅を出るひかりです。ひかり154便で、水曜日に使われた車両を特定しなければなりません。どこにそんな情報があるのでしょうね？」

鈴木が検索している間、森本はあごを撫でながら考えにふけっていた。

「ああ、これです。健三が乗った列車は300系新幹線で、識別番号はF6―3768です。列車ダイヤを出してみましたが十六両編成で、合わせて八台の公衆電話がいくつかの車両の端に設置されていまず。次に、この列車の電話番号を調べてみましょう。どこかで分かるはず、ちょっと待ってください」

鈴木はその作業を終えるまで数分かかった。

「分かりましたよ、警部！」ついに彼女は叫んだ。「電話会社のウェブサイトに戻って突き止めました――水曜日朝十時二十七分岡山駅発の新幹線ひかりの中から、十時三十五分に備前の健三の事務所へかけられていました、間違いありません。奇しくも、新幹線は丁度そのころ備前を通過していたでしょうね。必要なら、どの電話でかけたかも分かります。列車中央部のグリーン車の後部にある電話からでした」

「よくやったぞ、鈴木刑事！　実に興味深いところだな」

「電話で十二分間話し、十時四十七分に終わっています。それは姫路駅に着く九分前です」

「そうか、その列車から健三以外の誰かが、備前の工房へ電話をした可能性が全くないとは言えないが、まず健三自身に間違いないようだな」

「絶対にそうですよ」

「電話をしたのが健三で、そして相手が開真だったとしたら、それは何を意味することになるのかな？」

「そうですね、まず開真が、本当のことすべてを話してはいないことになります。昨日、巡査部長に水曜日の朝、八時一分に電話で話してからは健三と一切連絡をとっていないと供述していますが、それ自体かなり疑わしいことになりますね」

「確かにそうだな」

「その上、開真が岡山へ行ったのは、新幹線からかけられた健三の電話のせいだったことが十分考えられます。ですから自ら主張しているように、兄弟二人が遺体で発見された所から道を隔てたすぐ近くにある岡山の事務所で、開真が書類事務だけに専念して、静かに三時間を過ごしたとはとても考えられませんね」

「同感だな。新幹線からの電話は、健三が京都から戻るまで栄三のそばを離れないようにと、開真に頼んでいたという仮説の重要な裏付けになるな」

「そうですね。もし十二分間話したら、健三が祖父の書物のことや、なぜ急いで京都へ行かなければならないかを説明する時間がたっぷりあったはずです。従って、途方もない価値があるその書物を持って栄三が板東法律事務所を出ることを知った開真は、それを間違いなく手にできると気付いたのですよ」

「だから、もし健三と栄三が第三の人物―書物の価値を理解していた人物に殺されたとしたら、あらゆる状況から開真が容疑者になるな」

「確かにその通りです、警部」


森本はあごを撫でながら、暫く考えた。

「この通りだったとしたら、どうして健三は新幹線の公衆電話を使ったのだろう？　なぜ自分の携帯電話を使わなかったのかな？　実際、京都への旅行中に、自分の携帯で何度か栄三に連絡しているのにな。説明できるかな？」

「うーん…的を射た質問ですね。分かる限り、健三のその行動ははっきり説明がつきません。一つ考えられることとして、電話室には機密性があって、話の内容を他の乗客に立ち聞きされる心配がないと感じたのかもしれません。しかし、電話室で携帯を使うこともできたでしょうにね。それとも都合が悪くなったとき、電話したことを否定できるようにしたかったのかもしれません。新幹線の電話は匿名性があり、後になって何とでも言い逃れができますからね」

「なぜ健三は、その時間に開真と連絡をとった事実を隠す必要があると考えたのだろうかな？」

「それも同じようにはっきりしませんが、もしかすると健三と開真は卑劣な陰謀を企んでいたのかも——書物を自分達のものにするために、栄三を殺そうと決めたのでは？　そして、これで米糊を使ってラベルが貼られたフェノトロキシンの瓶はどこにあったのか説明できるでしょう。つまり健三が備前の工房から持ってくるように、開真に頼んだものかもしれません」

「そうだな、もしそれが健三の意図したことなら、その計画が誤りだったのは明らかだ。栄三を毒殺する一瓶だけ持ってくればよかったのに、開真はあたかも健三をも殺そうとするように、さらにもう一本別の瓶も持って来たようだな。本当に皮肉なことだ、健三にとって、開真よりも弟の栄三を信頼していればずっとよかっただろうに」

31　フェノトロキシンの箱の謎

新幹線から備前にある健三の工房へかけられた電話についての議論を、森本警部と鈴木刑事が終えると間もなく、ドアを強くノックして、目立たない革の上着とブルージーンズ姿の山田巡査部長が勢いよく入ってきた。

「健三の岡山事務所から今帰ってきました、警部。栄三の事務所から、駅の向こうへ通りをほんの少し行ったビルの二階でした。幸い誰も居なかったので、内密にやりました。鍵を開けてちょっとの間、中に入りました」

「そうか」森本は答えた。「何を見つけたのかな？何か面白いものが？」

山田は肩をすくめた。

「実際、特に注目するようなものはありませんでしたが、ただこんなものが…。エレベーターのそばの一階玄関に設けられていた郵便受けを調べてみました。誰も居ませんでしたし、郵便受けの標準型の鍵は何でもありません。陶芸売買に関する広告チラシや雑誌類とであふれており、何通か手紙もありましたが、請求書かそんなものでした。その中にあった先週木曜日付の岡山郵便局の消印が入った二通の手紙です」

「そうか分かった、巡査部長。実に妙だな」

「はい、警部、開真は水曜日には事務所で書類事務をしていたと昨日、我々に話したことを考えれば、確かに変ですね。先週木曜日の消印の手紙があったということは、今週の水曜日より前に配達されたに違いないのですから」

森本はうなずいた。

「きっとそうだ」

「ですから、開真が水曜日に郵便受けを開けてないのはかなり妙なのです」

「いい指摘だ、巡査部長。ところで、どういうことだろう、鈴木刑事？」

「うーん…本当に変ですね」鈴木は答えた。「もしかして、開真は水曜日には全く事務所に寄っていなかったことを暗示しているのかもしれません。それとも、寄ったとしても書類事務や勘定の支払い以上に気にかかることがあったのでしょうか。いずれにしても、私達に百パーセント正直には話していない可能性が一層強まりますね」

森本はうなずいた。

「事務所そのものには何も異常はなかったかな、巡査部長？」彼は尋ねた。

「ええ、申しましたが、これといって何も変わったことはありませんでした。多くの点で、健三の事務所は栄三のものと似ています。書類棚やコピー機などが通常の事務用機器と一緒にあります。冷蔵庫もありますが、中は空っぽでした」

「そうか」

「もちろん、徹底的に捜索しました。机の上の書類も調べましたが、すべてきちんと整っているようでした。たいていは単なる請求書や注文書、領収書かその類でした。赤い革表紙の書物を探しましたが、それらしい物は何も見つかりませんでしたし、手提げかばんもありませんでした。でも、あちこちにたくさんの焼き物のサンプルや備品がありました。その中に、栄三の事務所のものと同じフェノトロキシンの箱もありました」

「ああ、そのことを聞こうと思っていたのだが、箱の中の瓶が減っているものがあったかな？」

「いいえ、すべて揃っていました。全部で八箱あり、一箱ずつ開けて調べました。それぞれの箱には六本ずつ全部揃っていました」

「ふーん…そうか、なるほど。全く異常はなかったんだな、予想されたことだが。とても分からないのは、栄三の事務所にある箱の中身の一部がなくなっていることだからな」

森本はあごを撫でながら暫く考えた。

「いずれにせよ、巡査部長、健三の事務所に戻って八箱のフェノトロキシンを回収するのも、無駄ではないかもしれないぞ。それらを、神保所長に調べてもらうのは賢明なことだろうな」

「分かりました、警部。すぐ引き返してそれらを回収して科捜研に持ち込みます」

「そうしてくれ。ああ、ところで、今回は少しばかり騒いだ方がよさそうだ。そのようにやってくれないか？　制服を着てパトカーで行くように。いや、もっといい考えがある──二台のパトカーでそこに駆けつけてくれ、五、六人の君の同僚も一緒にだ。必ずサイレンを鳴らしながら行くんだぞ、いいな」

山田の顔は活気づいた。彼がサイレンをけたたましく鳴らし、パトカーで市街地を走るのが何より好きだということは県警本部のみんなが知っていた。

「もちろん、喜んで」

「そうそう、リポーターやカメラマンも、そこについてくるようにできないかな。本部のあちこちを歩き回っているので、見つけることはできるはずだ。何か面白いことになりそうだと、そっとほのめかしてみたまえ。そうすれば健三の事務所まで、喜んで後を追ってくるに違いない。彼らをビルの外で待たせておかなければならないだろうが、フェノトロキシンの箱を運び出すのを見せることができるな。それらの映像はゴールデンタイムのニュース速報で流されるに違いない。だから、巡査部長、うまくやれば今夜、顔が全国のテレビで流れるはずだぞ」

山田はさらに嬉しげな表情だった。

森本と鈴木が、その日二度目に科捜研を訪れたのは、正午少し過ぎだった。神保と数人のスタッフは、山田と一緒に大きな実験室の一室に居た。

「やあ、よく来たな」神保所長は入ってきた森本と鈴木に声をかけた。「分析調査をしておいた。分かったことを説明するのでよく聞いてくれ」

神保は木製の作業台の後ろに立った。その台の上には、九個のビニール袋が端から端まで一列に並べてあった。

「巡査部長が少し前に、さらに八個のフェノトロキシンの箱を持ってきたんだ」

神保は長い白衣の左胸ポケットからペンを取り出し、端の袋を突付いた。

「この袋には最初の箱から取り出した六本が入っている。分かる通り、開いてはおらず、ラベルは天然の米糊で貼られている」

「その糊は、兄弟のポケットから見つかった二本と同じものですか?」森本は尋ねた。

「そうだ—今朝、既に話しておいたことだが。次の袋も全く同じ。これら六本の開けられてない瓶は二番目の箱のもので、それらもまた同じ米糊でラベルが貼られている。実際、八箱のうちの七箱はここにその七袋にしてあるが、すべて同じだった」

神保は作業台へ歩み寄って、ペンで七つの袋を突付いた。しかし列の最後にある二つの袋の前で立ち止まった。

「この二つの袋にあるのは、調べた最後の箱に入っていた瓶で、他の箱とは違っていたんだ。お分かりのようにこの袋には開いてない瓶が四本、また別のこの袋には二本入っている」

神保は森本を見た。

「糊が違っていたんだ。それら四本の瓶は他のものと同じで、ラベルは米糊で貼られていた。しかし、もう一つの袋の二本は合成糊で貼られていた」

森本はうなずいた。

「それは大変面白い」彼はゆっくりと言った。「本当に興味深いことです。たとえ糊が違っていても、この六本は同じ箱から取り出したものでしょう?」

「そのことなんだ、私が言いたかったのは――」神保は鈍い単調な声で答えた。

森本は山田のほうに向き直った。

「どの箱か特定できるな、巡査部長?」

山田は微笑を浮かべた。

「それは一番上の箱でした。八つの箱は床から一列に積み上げられており、事務所隅の壁に立てかけられていました。二本の違う糊の瓶が入っていたのは、その一番上です」

「なるほど、実に面白いことになったな。さて神保所長、ありがとうございました。重ね重ねのご指摘、非常に参考になりました」

「君らに役立つだろうと思ってな」神保は無表情に答えた。

32　思わぬ破綻

　執務室に帰った森本警部と鈴木刑事は、この日二度目の訪問となった科学捜査研究所の神保所長から聞かされたことについて考えた。

「いいかい、山田巡査部長が見つけた健三の事務所のフェノトロキシンの箱は全く妙だな、どういうことだろう？」

「確かにとても変ですね、警部。米糊でラベルを貼った瓶が四本で、合成糊が二本ですもの。茅野はアマルガメイト・ケミカル社横浜工場から、そのように両方が交ざった箱が出荷されることは絶対にないと、強く否定しています」

「その通りだ」

「ここで、その箱に何が起きたか、じっくり考えてみなければなりませんね。はっきりしているのは、誰かが手を加えたことです。健三の事務所で箱を開け、瓶をすり替えたに違いありません。その上、そこにある他の七箱は、一貫して天然の米糊でラベルが貼られた瓶が完全に詰まっていたのですから、一番上の箱にも元々、米糊でラベルが貼られた六本の瓶が詰まっていたことははっきりしています。つまり誰かがその箱から二本を持ち去って、その後で合成糊の瓶を入れたに違いありません」

「同感だ、鈴木刑事。二本の合成糊の瓶はどこからきたんだろうな？」

「その二本は、一部なくなっている栄三の事務所の箱の謎を解くカギになる、というのが明確な答えになるでしょう。それらの瓶は、二本なくなっている栄三の事務所にあった不可解な箱のものでしょう。箱は事務所に積まれていた一番上にあったもので、合成糊でラベルが貼られた四本の瓶が入っていたのです」

森本はうなずいた。

「それでは健三の事務所に積まれていた一番上の箱に、なぜ二本分のスペースが空いたのだろう？　その箱からなくなった二本の米糊の瓶はどうなったのだろう？」

「その二本の空瓶は、栄三の事務所で兄弟の死体のポケットから見つかったものであることは明らかです」

「その通りだ。話を整理してみると、正確には何が起きたと思うかな？」

鈴木は腕組みして、深くため息をついた。

「そうですね、フェノトロキシンの瓶に何が起きたのか、はっきりした図式が構成され始めているようです。もともと健三の事務所には全部米糊を使った瓶が完全に詰まった八箱があり、栄三の事務所には合成糊の瓶が詰まったものが十五箱あったと思います。糊の種類の違いについては何も問題はありません。異なった時に注文したのか、違う所から供給されたのでしょう」

森本はうなずいた。

「ところが、二人の兄弟を毒殺するため、誰かが健三の事務所の箱から二本を取り出し、栄三の事務所に持ち込んだに違いありません。水曜日午後、巡査部長が検証したとき、二本の空瓶が二人のポケットから見つかっています」

「そうだな」

「しかも、誰かが栄三の事務所に積んでいた一番上の箱を開けて二本の瓶を取り出し、それを健三の事務所に持ち帰ったのです。そこに積み重ねていた一番上の箱の二本分のスペースに、それを戻したに違いありません。それが、ずっとそのままになっていたということです。栄三の事務所にあった一部がなくなっていた箱の瓶には、合成糊が使われていたのに反して、兄弟のポケットにあった二本の空瓶は米糊でした。果たして健三の事務所に積まれていた一番上の箱は、神保所長が究明した通り、四本が米糊で二本が合成糊のものと判明しました」

「見事なものだ、鈴木刑事。だが、このことが一体兄弟の死にまつわる周囲の状況に、何を暗示しているのだろうかな？」

「うーん…まず注目すべき重要な点は、兄弟を殺した毒薬は、健三の事務所にあったフェノトロキシンだったということです。ですから、健三の事務所から栄三の事務所へ運んだのが誰だったのか、という疑問が起きてきます。一つの可能性としては、健三自身でしょうね。例えば、板東宅で兄弟が会う十時前に自分の事務所に立ち寄って、瓶を持ち出したのかもしれません。あるいは京都から午後二時に帰った後、栄三の事務所に行く前に、自分の事務所に寄ったのかもしれませんね」

「そうかもしれないな」

「また別の可能性として、開真が栄三の事務所に持って行ったことも考えられます。もし健三が新幹線の電話で、栄三から目を離さないようにと開真に頼んでいたなら、さらに岡山の事務所から二本のフェノトロキシンを持ってくることも頼んでいたかもしれません。それとも、健三は開真に役割を説明し、京都から帰るまで栄三を見張っておくように頼んだだけだとすると、事務所から二本の瓶を持ってくることを思い付いたのは、開真自身かもしれませんね」

「まさにその通りだ。岡山の健三の事務所から二本の瓶を持ち出したのは十中八九、健三か開真のどちらかだろうな―それらは結局、死んだ兄弟のポケットから発見された天然の米糊の瓶だったんだ。そうは言うものの、次の問題は、誰が栄三の事務所から合成糊の二本を持ち出して、健三の事務所まで運んだかということだ？」

「健三だったとは到底考えられませんね、警部。というのは、そのことは兄弟が死んだ後に起きたと考えるのが、一番理にかなっているからです。もし健三だとしたら、栄三の事務所へ間違いなく二度行ったことになります。最初は栄三の事務所のフェノトロキシンの瓶二本を持ち出して自分の事務所に持ち帰り、その後、栄三の事務所にもう一度戻ったことになります。というのは、そこで死体になって見つかっているのですもの。そのような不可解な行動をとる訳がありません。でも、もし栄三の事務所から持ち出して、健三の事務所に戻したのが開真だったとしたら、もっと納得のいく話になります。しかも二人が死んだ後にそうしたとするのが、一番ありそうなことですね」

「全く同感だ。しかしなぜ開真はそのようなことをしたのだろうかな？　それは自殺なのか他殺なのか分かるかな？」

「ええ、既に話し合いましたが、二人の死が心中のはずがありません。というのは、心中するのに健三がフェノトロキシンの瓶を自分の事務所から持ち出す理由がありません。栄三の事務所にある瓶が使えたはずですから。もし健三が弟を殺すために持ってきて、その後で自殺したとしたら、なぜ栄三の事務所から瓶を取り出して、自分の事務所にあった箱の不足分を埋めるような面倒なことをする必要があったでしょう？　だから健三の事務所の瓶が交じっていた箱は、開真が健三と栄三を殺したという当然の結論を導き出すのです」

「そうだ、きっとそうだろうな」

「その二本の瓶を別の事務所に移した作業は、単に隠蔽しようとした――殺人を自殺に見せかけようとしたのですよ」

「間違いなくそうだろうな、鈴木刑事。水曜日の午後、起こったことを再現してみよう。開真は、兄弟が栄三の事務所で会うことを知って、そこで健三の事務所から二本の瓶を持ち出して兄弟と会ったに違いない。それから二人が祖父の書物に夢中になっている間に、飲み物にフェノトロキシンを入れたんだ。二人が死んだ後、開真はどうしたのか？　きっと犯行を隠すため、自殺と見せかけたかったのだろうな。二本の空瓶に残されている指紋を拭き取ってから、兄弟それぞれの上着のポケットに入れたんだ。その時、もし触れていたならその三個目のコップの指紋も拭き取ったに違いないないな」

鈴木はうなずいた。

「現場をそのようにしておいて、開真はかばんと書物をつかみ事務所を出て、岡山駅から列車で備前に引き返そうとしたはずだ。しかし、フェノトロキシンの瓶を兄弟二人がどこで手に入れたか、我々が不審に思うことを懸念したに違いない。そこで、栄三の事務所を見回してそこにあった瓶を見つけたんだろうな」

「そうです。きっとこうだったのでしょうね、警部。開真は、栄三の事務所にある箱から二本の瓶を持ち去っておけば、二人がその瓶を使って自殺したことを強く印象付けることになると思ったのでしょう。死んだ現場を私達が調べたとき、なくなっている瓶に気付けば、兄弟が自殺したという考えがさらに強まると期待したのでしょう」

「全くその通りだ。一見、それは非常に賢明な考えだ。だがその時、開真は栄三の事務所から持ち去った二本の瓶を、どうするかを決めなければならなかったのだ」

「健三の事務所に引き返し、箱の空いている二本分のスペースに、二本の瓶を戻しておく以上に自然に見せかける方法があるでしょうか？」

「確かにそうだ。もし健三の事務所が調べられたり、フェノトロキシンの在庫分を備前の工房に持っていったりした際に、二本の瓶をなくなっていた箱に足しておけば何も異常なことはないということになり、実際にその計画はより好都合になるわけだ。開真の行動は、健三の事務所にある箱の瓶が全部あることを裏付けようとするものだったんだな」

「そうです、警部。開真の論理的思考は、瓶の違いが誰にも分からないというごく普通の推測に基づくものだったんでしょう。結局、どれも全く同じに見えます。神保所長の研究室で調べても、外見からは全く違いはありませんでした。糊の違いには絶対に気付きませんよ」

「まさにその通りだ。だが、その糊の違いが開真の破綻を証明することになった——自分だけの利益のために少しばかり賢明になり過ぎたということだな。二本の瓶を、栄三の事務所から健三の事務所へ移し変えたことは、その時はうまい考えのようにみえたに違いない。だが皮肉なことに、それは開真の犯罪を露見させる決定的なものになろうとしているようだな」

「その通りですよ。健三の事務所の瓶が一部なくなっているままにしておいたほうが、開真にとってずっと都合がよかったでしょうに。そうしておいたなら、その事務所のフェノトロキシンの在庫のことで、疑いがかけられることは全くなかったはずですから」

「全くその通りだな、鈴木刑事。だが栄三の事務所から持ち出した二本の瓶でその箱をいっぱいにしたことが致命的になった——不合理を生じて命取りになってしまったのだ。米糊が使われている瓶の箱に、合成糊の瓶を交ぜてしまい、手を加えられない限りありえない箱を作り上げてしまった。すべて分かりやすく自然にみせようとした計画は、開真が知らない間に、実際は大変特異な全く予想外の結果をもたらすことになってしまったわけだ」

33　桜の下での出動

その日の午後、森本警部と鈴木刑事は、山田巡査部長が注意深く運転する県警本部の新型パトカーの後部座席に並んで座り、夕方のラッシュアワーが始まる岡山市街地を走っていた。備前へ向けて幹線道路を東へ進んでいたが、特に急ぐことはなかった。他に四台のパトカーも続いていた。

本部長も、山田の横の助手席に座っていた。

「何とのどかな春の日だな」郊外に出て田園地域に入ると本部長は言った。「青い空を見上げても、雲一つないな。たまには執務室から出て、見事な桜の花を愛でるのもよいものだ。おお向こうだ！　ほら見えるかな、鈴木刑事、見事じゃないか？」

「本当にきれいですね、本部長」鈴木は、本部長が指さしている田圃の方を見渡しながら答えた。「今が見ごろでしょう。最高の時期に桜を楽しんでいるのですね」

「その通りだ？　あまりにも素晴らしくて見るだけで心を満たしてくれるようだな。言ったように、執務室を出る口実ができて大いに喜んでいる。記者会見や、あちこちで追い回されるリポーターのストレスから解放されるのだからな。彼らは蜂のようにぶんぶんとやかましく、要求は絶えることがないんだ。本当に我慢できないほどだ、一日の日程をすぐに埋めてしまう。言う通りにしておけば、全く気が狂ってしまう。本当は完全にメディアなしでやれるんだ。評判について私がそんなに気にするタイプでないことはよく知られている。私にとってそんなことは本当に面倒でわずらわしい、好みじゃないんだ」

森本と鈴木は如才なく黙って聞き手になっており、山田は赤に変わったばかりの交通信号を見つめていた。

「知り合いのどこかの県警本部長達とは違うんだ」本部長は続けた。「彼らは絶えず自分自身を宣伝しているんだ。信じられないだろう？　本当に恥ずかしくて気分が悪くなるな」

信号が青になると山田はアクセルを吹かした。

「月並みの本部長は、常に手っ取り早くて安易な評判をねらっているものだが…」話はとどまらなかった。「そして、言ってみれば、まさにそういう本部長があちこちにいるんだ」

本部長は車内を見回し、自分の軽口がみんなに受けていることを確かめてからどっと笑って、はたとひざを打った。

「ああ、ところで、巡査部長」静まってから、本部長は言った。「今日午後早く、君があの事務所から箱を運び出しているのをテレビで見たが、あれが健三の事務所だったんだな？」

「その通りです」山田は満足げににっこり笑って答えた。

「そうだな、君が今夜家に帰ったとき奥さんはきっと上機嫌だろう。まあ言ってみれば、好みそうなことだからな。私の家内はテレビ放送だけでは飽き足らず、私の記者会見はすべて録画している。友人と集まって一緒にパーティーを開き、みんなと何度も繰り返して見るのが好きなんだ。ところで、開真に電話をしてそこに居るかどうか確認したんだろう？」

「ええ、やりました。出る前に電話をして、昨日の話の内容をもっと詳しく聞くため、もう一度会いたいと伝えました。彼は全く気にかけていない様子でしたが、昨日会った備前にある健三の工房で待っているはずです」

「そうか。とはいえ、岡山県警の本部長が五台の新しいパトカーと一緒に来るとは、予想してないだろう！」

「備前署員とも手短に話をして、どうなっているかをざっと伝えておきました。彼らは、開真がどこへも身を隠さないように、健三の工房を見張っていると思います」

「よくやった、巡査部長。ところでこれら新型のパトカーは素晴らしいだろう？　備前署の仲間がこれらの新型車で乗り込んだのを知ると、うらやましがること受け合いだ。私が警察官としてスタートしたころとは全く違っているんだ。ちょっと見たまえ、車の内部がどうなっているか。まだ新車同然だろう？　いいなみんな、汚さないように注意するようにな？」

本部長はサイドミラーをのぞき込み、後方をチェックした。

「どうやらメディアが追って来ている兆しはないな、うまい具合だ。どうにか気付かれないように本部を抜け出せたようだ。本当にうまくいった。開真と会うときには、周りに居てもらいたくないからな―我々の捜査が今、正しい方向に進んでいることを確認するまでは、知られたくないんだ。間違っていないことを願うぞ、森本警部。もう一度よく調べてくれないかな？　すべて、長沢が孫に残した書物に関係しているというんだな？」

「その通りです、本部長」森本は答えた。「それじゃ、もう一度、我々の仮説の細部を検討してみようか、鈴木刑事」

「いいですよ、やってみましょう。今回の驚くべき一連の出来事は、水曜の朝十時から始まったことは確かですね。その時間に健三と栄三は、祖父の書物を受け取ることを期待して、板東の事務所で会う約束をしていたのです」

「そうか」本部長は言った。「それは与えられた指示に厳密に従わない場合には、爆破して内部が焼失してしまうようにセットされている驚くべきかばんを渡されたときだな。開真はどうして、健三と栄三がその朝、板東宅へ行くことを知っていたのかな?」

「開真が知ったという証拠はないのですが…」鈴木は答えた。「実際、もちろん二人の兄弟と板東自身を除いて、他に誰が知っていたか、はっきりした証拠はありません。とにかく、健三はその朝、板東の書斎を出て京都へ行ったことが分かっています。それに岡山駅を出て間もなく、新幹線の中から備前の自分の工房に電話をしたことも。私達の仮説では、その時に開真に事情を説明したものと考えています」

「そうか」本部長は答えた。「その点に関して間違ってないことを祈る。健三が電話したことも、開真が電話を受けたことも、実際には証拠はないのだな?」

「残念ながら、そうです」鈴木は認めた。「でも、もしこの仮説が正しいなら、昨日の山田巡査部長への開真の供述はうそだったことになります。つまり水曜日の朝八時以降、健三と全く連絡はとっていないと話していましたからね」

「そうだ、その供述は読んでいる。新幹線からかけられた健三の電話を受けた後、開真は真っ直ぐ岡山に来て、栄三が板東法律事務所を出ていくのを待っていたと考えるのだな」

「そうに違いありません。供述の中で開真は、健三の事務所で書類事務をするために岡山に来たと話していました。しかし私達の仮説では全く事務はしないで、岡山駅に到着した後、二本のフェノトロキシンの瓶を取るために健三の事務所に行き、それから板東法律事務所の外で待っていたのですよ」

「ふーん…とても嫌なものだな、あのフェノトロキシンは」

「そうですね。今朝、健三の事務所を内密に調べたところ、在庫があったと巡査部長が確認しています」

「内密とはどういうことかな、鈴木刑事?」

「ええ…身分が分からないようにということです」

「分かった。それでは開真は、栄三が書物とかばんを手にして板東の事務所を出たときに、歩み寄って自己紹介したのかな?」

「まあそれも、その時何が起きたのか定かではありません。しかし、仮説では健三、栄三それに開真の三人が、午後二時を少し過ぎたくらいに、栄三の事務所に揃っていました。その時、長沢の書物を持っていました。恐らく開真は自分も加わることを栄三に教えて、一緒に座って健三が帰ってくるのを待ったのでしょう。あるいは開真はただ単に栄三の行方を監視しており、京都から帰った健三と一緒に事務所に入っただけかもしれません。でもとにかく、栄三の事務所に三人が集まるまでは結局、何も重大なことは起きなかったに違いありません」

「そうだな、その後に大変恐ろしいことが起きてしまったのは確かだ。健三と栄三の二人は、最後には死ぬ羽目になってしまったんだからな。そして仮説によれば…ああ向こうの木、あそこだ、見てごらん満開だ! 本当に目がくらむようじゃないか」

本部長は児童公園の桜を指し示した。

「さて、どこまで話したかな?」話を続けた。「そうそう…開真が、その汚れた手で貴重な書物を手に入れるために二人を殺したというのが君達の仮説、そうだな?」

「その通りです、本部長。健三と栄三、それに開真は、氷の入った麦茶のコップを持って、事務所の真ん中のテーブルを囲んで座っていたと思います。そして気付かれないように開真が、フェノトロキシンを兄弟のコップに入れたのでしょうね。恐らく二人が祖父の書物に夢中になっている間に、自分で三つの飲み物を作ったのでしょう」

本部長は不快そうに首を振った。

「実に卑劣な行為だ。これらがすべて本当だったなら開真は、自分がしたことについて非常に高い代償を支払うことになるんだ。裁判所がそれを裁いてくれるだろう。開真は、健三を裏切ったんだ。健三の工房の責任者として働いていたのに、主人を殺すことを決めたんだ。それに栄三をも同じようにな――書物をすべて自分の手にするだけのためにな。私が何よりも遺憾に思うのは、忠誠心の欠如であり背信なんだ。それは軽侮するにも値しないことなのだ！」

「それが、私達が描いている事件の筋書きです。仮説の最後の章になりますが、開真は、兄弟が自殺したと見せかけおくのが一番よい方法だと決めたのです。二本のフェノトロキシンの空瓶を兄弟のポケットに入れ、それから栄三の事務所に積み上げてあった箱から、二本の開いていない瓶を持ち出したのです。開真は、栄三の事務所を出てドアを閉めました、鍵はかけずに。それから、通りの反対側にある健三の事務所に帰ったのだと思います」

「なるほど、その後、栄三の事務所から持ち出した二本の開けてない瓶を、健三の事務所の空いていた箱に入れたんだな。それは巧妙なのだが――分かるようにあまりにも狡猾過ぎた計画だった！　恐らくそれが開真にとって最悪の事態を招いて、動かぬ証拠となるのだろう。電話で話した化学会社の人物の話していることが確かな限りはな。えーと、何という名前だったかな？」

「茅野です、本部長」

「おお、そうだったな…まあ信頼できる人物であってほしいな。だが、それにしても誰がそんなことを予想しただろうか？　瓶のラベルを貼るのに使われていた二つの違う種類の糊が、この不快な事件解明のカギになると誰が気付いたであろうか。もしこれらの考えが正しいとしたら、次の記者会見で捜査状況を少しばかり説明して楽しめそうだ。岡山県警では、そんな最先端の科学捜査技術を犯人逮捕のためにいつも活用しており、特別なことではないんだと、何気ない様子で披露してみよう。報道陣の注意を引くと思わないか?」

本部長は振り返って森本と鈴木に笑いかけた。

「ところで、分かってもらえるかな?」彼は続けた。「金を掛けた新しい科捜研の真価を、完璧に立証したことになる。設置する際、予算配分の段階で莫大な浪費になるだけだという議会からの絶対反対の強い声があったことも確かだ。それが今回のことで、そのような反対者には先見の明があったようにはみえないな、そうだろう?」

本部長は、また満足そうな笑いを見せた。

「とにかく」彼は加えた。「他に開真がやったことは?」

「ええ、それは実のところ…」鈴木は言った。「まあ、そんなところですね、本当に。昨日供述していたように、確かに備前へ行く三時三分の列車に間に合うように、岡山駅に歩いて戻ったと思われます。それから岡山を出るときには、きっと長沢の書物を持っていたと思います、多分かばんも一緒に」

本部長は表情を改めた。

「その書物は注意深く扱っていかなければ。長沢の孫を殺した犯人を見つけ出すことは大事なことだが、聞いている限りでは、その書物を無事に回収することも同じように重要なことだ。開真との対峙には、みんな心してかからなければならないぞ」

34　一日早めた窯焚き

備前にある長沢健三備前焼窯元の工房の正門を通ると、森本警部と鈴木刑事は、道路の外側から見張っている地元の備前署のパトカーに気付いた。山田巡査部長は事務所入り口正面に車を止めた。後についていた四台のパトカーも、列をなして止まった。

車から降りた山田は、道路に出て備前署員と少し話してから駆け戻り、低い声で本部長に報告した。

「開真はまだ中に居るようです。見たところ、すべて静まり返っています」

森本は工房の庭を見回した。車を着けた事務所は、すすけた平屋の建物だった。いくつかの粗末な作業小屋が敷地内にあった。夕日を受けてシルエットになっている、高い四角形の煙突のある印象的な煉瓦の窯が、入り口から突き当たった一番奥にあった。煙突は煉瓦の外側から等間隔に金属バンドで締めて補強されており、その先端から出る絶え間ない煙が、薄暗くなった夕暮れの空に漂い四方に散っていた。

事務所入り口のドアを開け、本部長はすぐ後に続く山田とともにわざと大またで入った。森本と鈴木が二人の後に続いた。受付には誰も居なかったが、開真の部屋のドアは開いており、机の向こうに座っているのが見てとれた。

本部長らが入ってくる物音を聞き、開真は顔を上げた。しかし、部屋の中で机を挟んで向き合った四人に対して、いささかも驚きの表情を見せなかった。のりを巻いたおにぎりを気ままにかじり、机に置いていたペットボトルの麦茶を一口飲んだ。だが、本部長らの目を最初に引いたのは、麦茶の隣にある小さな瓶だった──それは開けられていないフェノトロキシンだった。

「初めまして、開真さん」本部長は礼儀正しくあいさつした。「私は岡山県警の本部長です。それに森本警部と鈴木刑事、山田巡査部長です。少々お尋ねしたいことがありまして」

開真はおにぎりをもう一口ほおばってかみ下しており、答えるまでに暫くかかった。

「みんなが来ることは分かっていたんだ」彼は答えた。「ちっとも驚いてなんかはいない。昨日のように巡査部長だけでないこともな。どうしてだと思うかな？　昨日はいささか無礼だった！　私から話を聞くにはそのクラスでは役不足だ、それ以上の者をよこすべきだったんだ。私はそんなに低いランクの者には似合わなかったんだ！」

彼はおにぎりを飲み込み、本部長に笑いかけた。山田は歯を食いしばり、にらみつけていた。

「ずっと道路べりでパトカーが待機していることも知っていた」彼は言い添えた。「そんなことはお見通しだったたよ。いかにも愚かな人物のような扱いだけはしないように願いたいもんだな」

開真は、この状況下で穏やかな落ち着き払った物腰で話し、リラックスした様子だった。健三や栄三と同年代で、細い青色の縦縞模様の入った白いオープンシャツを身軽に着こなしていた。

「水曜日の岡山訪問について、少しお尋ねしますが…」本部長は言った。

「ええ、もちろん、どうぞ遠慮なく」開真は答えた。長い乱れた髪を手で撫でながら、再び本部長に笑いかけた。それから麦茶のボトルを取り上げ、ゆっくりとふたを開けて二、三口飲んだ。

「氷を入れると、ずっとうまくなるんだ？」開真は言った。「麦茶は氷を入れて飲むに限るんだ。水曜日に健三と栄三に作ったのと全く同じ方法だ。あの二人に飲み物を準備するのはたまらなかった、本当に愉快だったたな」

「水曜日の午後、兄弟二人と一緒に、岡山の栄三さんの事務所に居ましたか?」本部長は厳しく尋ねた。

「ああ、もちろん居たよ。二人ともひどくのどが渇いていたようで、氷入りの麦茶がとてもうまそうだった。みんなでコップを持ち上げて乾杯して、一気に飲み干した。私が飲み物の準備をしている間、二人は私のことなど気にかけてはいなかった。赤い革表紙の祖父の小さな書物に夢中だったんだ」

本部長の表情はさらに厳しくなった。

「開真さん、あなたは長沢健三さんと栄三さんを毒殺しましたか?」

開真は、いまさら何を聞くのかという顔をした。

「そうさ、ああもちろんやったよ。もうきっと、みんな分かっているんだろう。近ごろは最新の科学技術を使って、どれほど巧妙に調べることができるか知っているんだ。ところで今日午後、巡査部長が岡山事務所のフェノトロキシンの在庫を持ち出していたのをテレビで見たんだが、手際のよいことで。その代物はとても危険なはずだろう?」

開真はせせら笑った。

森本と鈴木は平然として見つめた。しかし、本部長は顔いっぱいに侮蔑の表情を浮かべていた。山田は机の上にあるフェノトロキシンの瓶から目を離さないよう警戒しながら、後ろポケットの手錠を手探りで確認した。

開真はおにぎりの包みをむいて、もう一口ほおばった。

「長い時間かけて計画したものではなかったんだ」口いっぱいのまま言った。「ただ、とっさの思い付きでやったものだ。何しろ、自分の創意の才に驚いている！　その日はひらめいていたんだ！」

開真の表情は、高慢さと満足感を誇示していた。しかし徐々に薄らいで、束の間悲しげにも見えた。

「健三と栄三を殺さなければならなかった―実際にやってしまった。他に方法はなかったんだ。二人が嫌いだったわけではない。健三には問題もなく、その下で働くことはいやではなかった、悪い人間ではなかった。正直なところ、栄三をそれほどよく知っていたわけではない。ただ二人で力を合わせて一緒に仕事をしようという考えには賛同できなかった。健三は最近になってますますその可能性を頻繁に話すようになってきた」

彼は首を振った。

「そう、兄弟が互いにうまくいってなかったときは都合がよかった、すべて申し分なかったんだ」

開真は突然声を荒らげて、机にこぶしをたたきつけた。

「二人は統合する新たな窯元を遠藤に任せるつもりだった、分かるか？ 遠藤が総括責任者になり、その下で働くようになると私に言ったんだ。まあ侮辱的なことだ！ まだ今は何もそうなってない。そうなることを止めて自分の手中に入れておきたかった。それは全部、あいつらの責任だ、私を甘く見過ぎていたんだ。ひどい仕打ちをしたので、その報いを受けたのだ。それがすべてだ」

「長沢さんの書物は？」本部長は険しい声で尋ねた。

「書物？ ああ、その話に入ろうと思っていたんだ。実は今年初め、残念なことに為葦先生が亡くなってから、健三が祖父のそれほどの貴重な知識をいつ手に入れるのか気にかけていた。しかし、それについて私には何も言わなかった、全く触れなかった―そう水曜日の朝、新幹線から電話がかかってくるまではな。その書物のことすべてを聞いたのはその時だ。何という書物だろう！」

開真は両目をきらりと光らせ、本部長を見上げながらにたりと笑った。

「その書物の情報…まあそれは驚くべきものだ。とても信じられないだろうな。為葦先生の先祖から代々蓄積してきた専門知識のすべてを詰め込んでいる。いいかよく聞くんだ、それを理解するには経験と能力がいるんだ。しかし、私は陶芸界の事情に通じており、先生が書物に記した内容の価値はよく理解している。本当に国宝級の作品を制作していた、決して忘れてはいけないんだ」

開真はおにぎりをもうひとかぶりした。

「私の計画に興味をお持ちだろうが―多分これまでの捜査の過程で、細かい部分に少々見落としがあったようだな？　すべてを説明するのは、やぶさかではないんだ。真相をきちんと選り分けてもらいたい、というのは私が何と独創的であったかということだけでも知ってもらいたい。指紋についてとても神経を使った、調べたんだろう？　健三と栄三に麦茶を準備するとき、コップに指紋を残さないよう細心の注意を払った。盆でテーブルに運ぶさいに、栄三が両方を取って一つを兄に渡した。フェノトロキシンの空瓶を二人の上着のポケットに入れる前に、私の指紋はふき取っておいた。もちろん私が使ったコップもだ。そう、うまく考え着いたことが分かってもらえるだろう。みんなの心に留めておいてもらいたいものだ！」

開真が手の甲で口をふく間、しばらく間が空いた。

「どうして、そんな面倒なことをしたと思うか？　まあ初めには、兄弟の死を自殺に見せかけようかと考えたからだ。少しの間はうまくだませたかな？　自分はまだ陶芸業界で仕事を続けたいと思っていたんだ。書物の知識を使って、私自身で見事な備前焼の作品を作ろうと計画していた。考えてもみたまえ、先生と同じように有名になっただろうに！　その時、人々は私を尊敬するはずだったのにな」

開真は笑った。

「しかしそうなるためには、かなりの労力がいるし、有名になるにはかなりの時間がかかっただろう。それで突然、長い間待つ必要がないということを思い付いたんだ。ひらめいた次の瞬間に、世間からすぐにでも尊敬されるようになれると気付いたのだ」

開真は再び言葉を切り、机のフェノトロキシンの瓶をじっと見つめた。

「実を言うと、みんなが来る前に自殺しようと考えていたんだ。来ることは分かっており、予想外なとではなかったんだ。兄弟が死ぬのを見ていたが、それほどむごい方法には見えなかった、事実それほど苦しそうではなかったな。もっとも、二人がどう感じたのか聞くチャンスはなかったので、本当のことは誰にも分からないんだが?」

開真は肩をすくめた。それから突然立ち上がった。山田は素早く彼のほうへ進み寄った。

「望むなら、為葦先生の書物のところへ連れて行ってやろう」開真は静かに言った。

山田は探るように本部長を見た。暫く考えた上で本部長がうなずくと、山田は開真に道を譲った。

「それでいい」開真は薄笑いを浮かべて言った。「いいな、みんな私を大事にしなければならない—重んじなければならなくなるんだ。ついてきたまえ、面白いものを見せよう」

後にピッタリとついている山田と一緒に、開真は事務所を出た。本部長と森本、鈴木も後に続いた。本部長の表情は刻々と陰ってきた。事務所前に並んでいる五台のパトカーを見たとき、開真はほくそ笑み、気にしない様子で窯のほうへ歩いた。

「なかなかいい窯だろう」開真は本部長に向かって言った。「ここで非常に優れた備前焼を作っている。もちろん為葦先生の最高傑作にはとても及ばないが。窯焚きは明日からの予定だったが、見ての通り一日早めて今朝から始めたんだ」

開真は、煙突から出て、段々に暗くなっていく空に立ち上る細い煙の筋を見上げた。

「きれいな眺めだな?」彼は穏やかに言った。「何世紀にもわたってさかのぼることのできる伝統を継承するとは、何と名誉なことだろう。備前焼の制作に関わっているようだ。恐らくみんな備前焼制作についてあまり知らないだろう、少し説明しよう。ここに積み上げた赤松の割木が見えるだろう、窯を燃やし続けるのに使っている。その灰は窯の中を漂って、作品に見事な模様を生み出すのだ。知っていたかな？　先生はこの灰の最大の効果を生かす技法を熟知され、それについて実に多くのことを書物に書き記しておられた」

開真は本部長に再び笑いかけた。

「みんなを連れ出した訳はこれだ、特別な灰を見せよう！」

開真は、窯の下方の焚き口を開けた。そこから割木を加えると、火勢はさらにかきたてられた。ふたがいっぱいに開けられたとき、炎の鋭いぱちぱちという音が夜の静寂を破り、窯の底深くから生じた赤色の発光が、開真の顔を照らし出した。

「中に見えるだろう。それはただの松の灰ではないんだ。いや、そんなもんじゃない、もっとすごいものだ！　もっと念入りに見たら、ほらそこのすぐ端だ。そう丁度炎が一番強いところだ—恐らく為葦先生の小さな書物が灰になっているのに気付くだろう！　そうあの貴重な書物、想像を絶するほどの価値のある書物だ。私が何をしたか分かるかな？　今朝、その中に投げ入れたんだ！」

開真は笑い出した。本部長は怒りと嫌悪の交じった表情でじっと見つめていた。

「ところで、実はな…」開真は言い添えた。「この窯焚きで、かなり立派な作品ができるはずだ。結局、その書物は長沢先生の技術と経験のすべてを、こと細かに書き記しているんだ。焼き物の周りを巡っている灰の特質を考えても見てくれないか！」

そこで開真は突然、呵呵大笑した。その声は周囲の静かな庭に不気味にこだました。

「だが、心配にはおよばない」彼自身、落ち着いてから言った。「一番大切なことを忘れていた。そう全部この中にあるんだ」

開真は自分の頭をコツコツたたき、再び真顔になった。

「すべてを暗記した。先生の書物は今、私の頭の中にある。全部覚えた。記憶力には自信があるからな、そんなに難しくはなかった。もし今日午後、フェノトロキシンを飲んでいたら残念なことになっただろう、そう思わないか？　衝動的に自殺していたら、奥義の一切が永久に失われてしまうことになったんだ。そうなると国家的悲劇じゃないか？」

開真は、探るような目つきで本部長を見た。

「そう思わないか？」彼は続けた。「そうなんだ。だが全く心配にはおよばない。奥義は全部頭の中に入っており、自殺などするつもりはない。奥義を知っている人物は、私だけだということを忘れてもらっては困る。それが私を厚遇しなければならない理由だ、分かるだろう？　十分敬意を払って扱うべきだ。もしみんなが私を大事にするのなら、上機嫌なときに為葦先生が書いた書物の内容について教えるかもしれないぞ。中に書かれたすべてを注意深く暗記している。気が向けば説明してやる」

開真は再び笑い始めた。最初は静かに、しかし段々大きくなり、夜の空気は狂ったような甲高い声に包まれた。

本部長は山田に向き直った。

「山田巡査部長、開真を長沢健三、長沢栄三の二人の殺人容疑で逮捕しなさい」本部長はパトカーに戻る前に、冷厳に命じた。

35　残された疑問

翌朝土曜日、十時直前に森本警部と鈴木刑事は、備前市郊外にある藤島宅の畳の部屋に座っていた。その日もまた素晴らしい天気で、庭には桜の花がまばゆいばかりに輝いていた。その優美な淡いピンクの花は、雲ひとつない真っ青な空と対比して心満たす光景を演出していた。

藤島がテレビをつけたとき、丁度、岡山県警から実況で本部長の声明が始まることを、アナウンサーが述べていた。間もなく髪に入念にくしを入れ、きちんとネクタイを締めた本部長が出て、ゆっくりとした重々しい声で読み上げ始めた。

おはようございます。

長沢健三氏と長沢栄三氏殺しの容疑者の逮捕を、メディアを通じて正式に発表できることは本当にうれしく思います。今、容疑者は精神鑑定を受けておりますので、結果が分かればもっと詳しい状況をお知らせいたします。長沢兄弟が毒殺されたのは水曜日の午後、そして容疑者を逮捕したのは昨夜のこと、恐ろしい事件が起きてからわずか四十八時間と少しでした。これは事件を担当した捜査チームの卓越した技量と努力はもちろん、概して岡山県警の専門的技術を証明するもので、とりわけ優秀な科学捜査研究所の力も大きかったと確信しています。捜査に関わった全員、大いに称賛されるべきです。岡山県警の本部長として今回の事件で成し遂げた素晴らしい成果を実に誇りに思います。

長沢為葦氏の死後すぐに起きた二人の殺人事件は、長沢家の忌まわしい悲劇でした。長沢家の方々に心よりお悔やみ申し上げます。また殺人の動機は、偉大な備前焼作家であった長沢為葦氏の遺産である書物をめぐって起きた事件だったと、確信を持ってメディアにご報告できます。書物は殺人のさいに盗まれており、捜査はその回収も最大目標の一つにしていました。しかし残念ながら、この点ではうまくいかなかったことをお知らせしなければなりません。書物とそれに書かれているすべての知識は、取り返しがつかないことになってしまいました。この点に関して、国民に心から陳謝いたします。

それでは、これで終わります。

深々とお辞儀をして、本部長は会見を終えた。藤島はテレビを消した。

「本部長は今回の事件で、あなたの働きを大いに誇りにされているようですな、警部」彼は言った。

「ありがとうございます、藤島さん。本当にあわただしい数日間でした。かばんについて教えていただいた話が大いに役立ちました」

「そう言っていただき大変うれしく思います。しかし為葦先生の計画が、そのような悲惨な結末になって残念ですな」

「ええ、兄弟二人が亡くなったのは、言うまでもなく非常に悲しいことです。しかしそれでも、まだ長沢さんの計画がある程度成功した可能性もあるのです。確かに正確にすべてを把握しているわけではありませんが、兄弟の間である種の仲直りの機運が高まっていた明らかな兆候があります」

「本当にそう思われますか、警部？　この前ここに来られたときお話ししましたように、兄弟が互いを思いやって本当に和解していた、と分かる噂を聞いたこともありました。しかし、その背景が真実、どのくらい確かなのか定かではありません」

「私の感じでは、兄弟でうまくやっていくことに、かなり大きな進展があったに違いありません。結局、水曜日の朝、兄弟が一緒に板東宅へ行き、かばんを開けた後、健三さんが京都行きを決断したことを忘れてはいけませんよ。恐らくそれは、栄三さんをある程度は信頼していた証でしょう。しかしながら、悲劇的な結末のもとは開真をも信じてしまったことです。結局、問題は健三さんが、栄三さんをあまり信じなかったことではなく、むしろ開真を誤ってあまりにも信頼し過ぎたことなのです」

「そうでしょうな」

「開真は昨日夜、兄弟二人が協力し合っていこうとし始めたと言っていたようだな、鈴木刑事？」

鈴木はうなずいた。

「ええ、その通りです、警部。開真は行く末を恐れたようですね。健三さんは、栄三さんの窯元と合併する可能性を、開真に話したに違いありません。それ自体、兄弟の確執を収拾しようとするかなり確かな兆候でした。不幸なことには、健三さんは新たな窯元で遠藤さんのもとで働くよう、開真に持ちかけていたようです。それが、開真を追い詰めることになったのですね」

「それでは先生の計画が兄弟の和解に役立ったとお考えなんですな？」藤島は尋ねた。

鈴木は肩をすくめた。

「そうじゃないでしょうか？」彼女は言った。「事が動き始めるきっかけになった可能性は大いにありますね。とにかく二人の関係を改善させた第一の要因だった、と考えるのは結構なことではないですか」

藤島はうなずいた。

「ええ、そうですな、それが本当なら、恐らく先生の計画は結局、成功したということでしょうが。そんなことは誰にも分からないでしょう？　先生にとって、恐らく二人のお孫さんが、互いにいがみ合って生きていくより、和解して死ぬ方がよかったのかもしれませんな」

この見解についてお互いじっくりと考えるために、

暫くみんな黙り込んでしまった。戸外の木にとまっている鳥のさえずりだけが、開いた窓から聞こえていた。

「さて、いずれにしても、警部」ようやく、藤島が言った。「捜査上の謎をすべて解き明かしたので、今は十分満足されているでしょう」

森本は藤島を見た。

「うーん…いや、そうでもないんです」

藤島は驚きの表情を見せた。

「おや、どういうことでしょうか？」

「ええ実は、事件のことでまだ気になることが二つばかりあるのです。まずあなたのことです、藤島さん。それからもう一つは、長沢さんについてです」

「どういうことでしょう、警部？」

「第一に、私が不思議に思っているのは、木曜日の午後、ここに来たとき、あなたが何もお尋ねにならなかった物のことです。あなたは兄弟二人のことについて、いろいろ聞かれました。いつかばんを手に入れたか、京都に誰が行ったか、どのようにして二人が亡くなったかといったことです。しかし最大の関心事であるはずのこのことについて、一切尋ねようとされませんでした。すなわち長沢さんの書物を見つけたかどうかについてです」

藤島の顔は無表情だった。

「それが、不思議に思っている最初の点です。二番目は長沢さんの計画についてです。お孫さんを仲直りさせることを、どれほど強く願っておられたかはよく理解できます。意見の相違を水に流し、兄弟仲良くやっていくという条件がかなってはじめて自分の技法を伝えると、決断されたのもよく分かります。その上、目的を達するため、この計画がどう仕組まれていたかもすべて理解できます。しかし、長沢さんの考えで、どうしても納得できない点があるのです。それは、備前焼の奥義が永遠に失われてしまう恐れのある方法をなぜとったのかということです。たとえ可能性はごくわずかだったとしても、貴重な知識の詰まった書物が、あなたの作ったかばんの中で燃えて灰になってしまうかもしれないというようなことを、長沢さんが思い付いたとは到底考えられません」

暫く黙って森本を見つめていた藤島は、何も言わずに立ち上がり部屋を出て行った。すぐに古いビスケットの缶を持って戻り、森本に差し出した。

「この中にあります、警部、見てください。先生の本物の書物です」

森本は缶のふたをこじ開けて、中から赤い革表紙の小さな薄い書物を取り出した。注意深く開き、慎重に手書きされたメモと図表にざっと目を通した。

「すべてこの書物に…」藤島は静かに言った。「先生が若いころ、父親から教わったこと、また自分自身の輝かしい経歴の中で身に付けた多くのこと、一切があります。先生はそれらの知識すべてを私に預けていました。かばんに入れた書物は本物ではなかったのです――全くの偽物だったのです」

森本はうなずいた。

「分かりました」

「これが先生の実質計画の一環だったのです。機会あるごとに何度も議論し合いました。もちろん警部のおっしゃる通り、その書物を破棄してなくすようなことは決してできませんでした。ですから私に預けられたのです。これまで二年間、大切に預かっていました」

藤島は笑った。

「既にお気付きだったようですが、警部、前に来られたとき、かばんに入っていた書物について私は何も尋ねませんでしたな。というのは全く関心がなかったからです。兄弟の死は大きな衝撃であり、悲しみでした。しかし、かばんの中の書物のことは、全く価値のないものだったので、何も心配はしていませんでした」

森本はうなずいた。

「もちろん、精いっぱい本物そっくりに作りました」藤島は続けた。「窯の中に入れる焼き物の位置などについて、図表やイラストを挿入し、原材料のページには、粘土の準備や火の温度など、その種のすべてのことについて記しました。陶芸について知識のある人にも意味をなすようになっていますが、本当はまったく価値はありません。この偽の書物のやり方では、特に目立った作品を作ることはできないでしょう」

「そこではっきりさせておくべきですが…」藤島は強調した。「先生は、お孫さんを故意に欺こうとされたのではありません、少なくとも、長い期間ではなかったのです。私への指示は、二人の間が最終的にうまくいったと分かったなら、本物を渡してすべてを説明するようにということでした。だからお分かりのように、計画では二人のお孫さんが一緒に備前焼の制作を始めるという望みを持ち、和解してくれるように導くことを思い描かれていました。私の役割は状況を観察して、実際に起こっていることを確かめることだったのです。先生の指示は、二人が本当に仲良く力を合わせて備前焼を作ることができると確かめられたなら、この本物の書物を渡すようにということでした」

「ですから警部、私は先生の死以来、兄弟二人をずっと見守ってきました。かばんが渡されたかどうか、またその中に入れておいた偽の書物を手に入れることに成功したかどうかも知りませんでした。正直に言いますと、私にはどうでもよかったのです。関心事はただ一つ、どのようにして二人を仲良くさせるかということだけでした。今朝、あなた方がおっしゃるには、二人は窯元を合併しかけていたようですな。まさしくお祖父さんが望まれていたことです。もしそうなっていれば、次の日、備前でその書物――本物の書物を彼らに渡したでしょう。そうできれば私もたいへん嬉しかったのですが」

森本はゆっくりとあごを撫で、藤島の日焼けしたしわだらけの顔を真っ直ぐに見た。

「分かりました、藤島さん……ええ、分かります、きっとそうでしょう。長沢さんは二人のお孫さんが互いに心を通わせ合えないことに大変悩んでおられましたが、この書物をあなたに託すことにはいささかも不安はなかった、ということだったんですね」

「為葦先生は私の師匠でした。私のことを、すべて信じてくださっていました」

森本は鈴木に本を渡して、ビスケット缶の中から白い封筒を取り出した。それは封がしてあり、表には書物と同じきれいな手書きの文字で「藤島愛子」と書かれていた。

「兄弟に和解の兆しがない場合には……」藤島は述べた。「お分かりのように、もし二人が互いに力を合わせてやっていくことができないなら書物を渡さないと、先生は決められていたのです。代わりに、それを私の孫娘の愛子に渡すことを望まれていたのです」

「分かりました、これが愛子ちゃんに書かれた手紙ですね？」

「そうです、警部。先生はいつも私の孫娘を可愛がってくださり、陶芸に関心を持ち、好きになっていたことをとても喜ばれていました。大きくなったら備前焼作家になりたいとみんなに話していることをご存知で、自分の二人の孫がうまくいかなかったら、書物を渡せるのは愛子以外考えられないとおっしゃっていました」

「ご承知の通り、愛子は我々の未来の代表だと、常々おっしゃっていました――今後の陶芸業界やそれに関係する人々にとって、また自分自身にとっても、この地方の誇り高い伝統である備前焼継承の希望の象徴だと…。先生は生涯を通じて、全うすべき二つの責任があると考えておられました――一つはできる限り最高の備前焼を作ること、二つ目は自分に続く次世代の作家のために尽力することでした。先生は自分のお孫さんを心から愛しておられ、兄弟二人はいつも最も大切な将来の希望の星でした。しかし同時に私の孫娘にも心を動かされ、いつか備前焼作家になるという熱い願いを実現するだろうと確信されていたのです」

森本はうなずいた。

「ああそうだ」彼は言った。「昨日、板東さんと話したとき、長沢さんが指示して愛子ちゃんのために設けていた信託資金について、連絡をとりたいと言っておられました」

「そうなのです、警部。先生は、私の孫娘にはとりわけ気前がいいのです。大人になったときには、その資金を使って自分で陶芸事業を運営することになるでしょう」

鈴木は書物に目を通し終え、慎重にビスケット缶に戻した。森本はゆっくりあごを撫でながら、暫くそれを見ていた。

「その書物について不思議なんですが、藤島さん」彼は言った。「コピーはないんですか、どうなのでしょう?」

「知っている限りありません、警部。先生はこの書物のコピーについて一切言われませんでした」

「ないんでしょうね、この二年間、非常に慎重に保管されていたに違いありません。しかしこれからは、どこが一番安全な場所か考えていかなければなりません、そうでしょう?」

「同感です、警部。その通りだと思いますな」

「ところで、えーと…この点に関して板東さんから何かアドバイスをもらうべきだと思いますが。何といっても、長沢さんの信頼すべき顧問弁護士ですからね。どう思われますか、藤島さん?」

「いいお考えですな」

「よし、それじゃ鈴木刑事、板東さんを探してくれないか。この知らせが非常に喜ばせることになるはずだ」

鈴木はうなずいた。

「おっしゃる通りです。長沢さんの書物が無事だったことをお知りになったら、きっと感激されるでしょうね。電話で連絡がとれるかやってみましょう」

鈴木は立ち上がり庭に出て、電話で板東へ連絡をとった。少しして部屋に戻り再び座った。

「うまくいきました。板東さんは備前の美術館におられました。今朝そこの会議に出席されていたそうです。とにかく直接こちらにいらっしゃることになりました。もう向かっているはずです。二十分もからないとおっしゃっていました」

36　エピローグ

　昼近くになり、穏やかなエンジン音が板東の到着をみんなに知らせた。森本警部と鈴木刑事にも、開いている窓から藤島の家の表に止まった板東の豪華なオープンカーがよく見えた。革製のシートから身を起こし、車を降りた板東が軽く押したドアは最高級車の重厚な音を残して閉まった。

　藤島に迎えられ板東は座敷に上がり、森本と鈴木の座に加わった。

「こんにちは、板東さん」森本は言った。「急なお願いにもかかわらず、わざわざおこしいただいて」

「なあに、ちっともかまいませんよ、警部。たまたま近くまで来ていたのですから、何でもありません。鈴木刑事から電話をいただいたとき、他の理事会メンバーと美術館に居ました。偶然、本部長がテレビで声明を読み上げるのを見ました。犯人の逮捕、おめでとうございます。手際のよい仕事振りでしたね！」

「ありがとうございます」

「兄弟二人が殺されたのはむごいことです。それにその祖父の書物もなくなってしまうとは…」

　板東は顔をしかめた。

「本当にがっかりしました。今朝も美術館で、そのことを話していました。このたびの事件はただただ国家的大損失に他なりません！　この数日間、その書物がどうにかして無事に回収できないものかと、一縷の望みにすがっていました。しかし、ご存知のようにその希望も今朝、完全に打ち砕かれてしまったのです」

「ああ、そのことです」森本は言った。「長沢さんの書物のことですが、今、話題にされた…。今朝、連絡がとれて本当によかった。ぜひ、あなたにお話ししたいことがあるのです。これですよ、藤島さんがほんの少し前に見せてくれたのです」

長沢の書物を、森本は板東に渡した。

「何ですかこれは？　前にこれに似た書物を見たことがあるような気がします。待てよ…二年前に為葦先生が私の事務所で見せてくれたものと全く同じようなのですが」

板東は狼狽し、書物にざっと目を通した。

「しかし…とても信じられません」彼は、受けた大きな衝撃を隠さず、知的な声で言った。「確かに、これは先生の自筆ですよね？　きっとそうです。見覚えがあります」

信じられない思いで書物を見つめていた板東の目に、涙が込み上げてきた。

「私に話そうとしているのはこれですね、警部？本当ですか、これが本当に先生の書物なのですか？」

藤島は微笑んだ。


「本物です、板東さん」彼は言った。「私が保証します。先生が生前、私に直接渡してくれました。手に持たれているのがそれです」

実際には何の価値もなかったのに、板東が大切に預かっていたかばんのことなど、少しばかり時間をかけて状況が説明された。

「そうですか、まさに驚くべきことです！」板東は大きな安堵のため息とともに叫んだ。「欣喜雀躍の心境です！　朝から何と気持ちの急変する日でしょう。最初、書物は破砕され、書かれていた知識は永遠に失われたと絶望していました。そのほんの一時間後の今、私のこの手でその書物を持っているのです。まさに仰天させられることばかりです！」

板東は、長沢の書物を大事そうに持って一ページずつゆっくりとめくり、丁寧に手書きされた字に畏敬の念を抱き、憑かれたように見入っていた。

「そうです。素晴らしいニュースです」森本は言った。「板東さん、書物をどうすべきか、助言をいただきたいのです。それは、藤島さんの孫娘の愛子ちゃんのものになるべきだと思うのですが」

板東はうなずき、書物のことから離れて法的な側面に注意を向けた。

「ええ、そう、そうです、言われることがよく分かりました。非常に適切だと思います。もし二人のお孫さんが受け取れないなら、藤島愛子ちゃんに与えるというのが、為葦先生のご希望であったことは確かです。従って、兄弟二人が亡くなったのですから、その書物が愛子ちゃんのものになるのは当然のようですね。その件に関して、先生の娘さんの同意も必要ですね。私はよく存じ上げていますが、その一連の措置に、きっと賛成してくださるでしょう。お父さんのご希望を受け入れてくださることは間違いありません」

「その場合…」森本は言った。「藤島さんが同意されるなら、愛子ちゃんが大人になるまで、板東さんが金庫に書物を保管しておくのが最もいいようですな。愛子ちゃんのために長沢さんが残された信託資金も、適当な時期がきたら書物と一緒に渡すことができます」

藤島はうなずいた。

「そうするのが一番よいと思います」彼は言った。「もしそうしていただけるなら大変ありがたいのですが、板東さん」

「喜んで手助けさせてもらいましょう」板東は答えた。


その時、玄関の戸が開いて、誰かが靴を脱ぎ捨てる音がした。廊下を走る元気のよい足音に続いて、白い靴下にブルージーンズ、ピンクの桜の花柄模様をあしらった白いブラウス姿の愛子が、飛び跳ねるようにして部屋に入ってきた。

「ちょっとおいでぇ、愛子ちゃん」藤島が笑顔を向けた。「今日は桜の花の服を着とんじゃな！」

愛子が陽気に微笑んで、みんなに丁寧にお辞儀をすると、頭の両側におろしていた長い二つのお下げが前に垂れた。

「愛子ちゃん、森本警部と鈴木刑事さんは、またこへ来られるじゃろうと話しとったな」藤島は言った。「こちらは板東さんで、長沢の大伯父さんの仕事をしょうられた岡山の弁護士さんじゃ」

愛子は祖父のそばに座った。

「こんにちは、愛子ちゃん」板東はにっこりとしてあいさつした。「初めまして」

「こんにちは」愛子は恥ずかしそうに応じた。

「会えてよかった」板東は言った。「私の事務所によく来られていた長沢の大伯父さんは、愛子ちゃんのことをいつも話されており、工房で手伝ってもらうのを大層楽しみにされていましたよ」

「そう、ほんと」愛子は答えた。

「何を持っとるん？」藤島は、愛子が手にしている小さな青い箱を指さして尋ねた。

「ああ！　これ森本警部さんにあげよう。プレゼントじゃ」彼女はにっこりと笑って、森本に差し出した。

「私にだって？」森本は驚いて言った。「いやぁ、それは本当にありがとう、愛子ちゃん」

みんなが注目する中、森本が箱を開けると備前焼の作品があった。それは小さな茶碗だった。濃い褐色に青と黄色の繊細な斑模様の入った作品を、みんなに見えるように、箱からそっと取り出して持ち上げた。

「さあ、みんなどうだい！」森本は叫んだ。「実に見事なものだ！」

「長沢の大伯父さんと一緒に作ったんよ」愛子は得意そうに言った。「工房へ行きょうたときに作った茶碗の一つじゃ」

「おお、何と素晴らしい贈り物だ！　そうだろう、鈴木刑事。本当にありがとう、愛子ちゃん。県警本部で執務室に置いて自慢にするよ」

「ええ、本当にきれいね！」鈴木も言った。「何とすてきな色でしょう、執務室によく映えて、美しいでしょうね。県警本部の人みんなきっとうらやましがるわ！」

愛子は、とても嬉しそうだった。

「本当に見事な作品だな」板東は愛子に微笑みながら言った。「まだあるなら、ぜひ備前の美術館に置きたいな」

この提案に愛子はくくっと笑った。

「ところで」板東は続けた。「将来いつかは作家になるんだね、愛子ちゃん？」

愛子はうなずいた。

「そうじゃ、大きゅうなったらお祖父ちゃんや、長沢の大伯父さんみたいな備前焼作家になるんよ」

「そう、それを聞いてとても嬉しいな。もしお祖父さん達のように努力したら、いつか長沢の大伯父さんのように有名な作家になると思うよ」

この発言は、また愛子の忍び笑いをはじけさせることになった。

「うちが、有名な作家に？」彼女は驚いて言った。

「どうして、違うかな？　長沢の大伯父さんのように精進を重ね、備前焼制作を心底楽しんでいけば、きっと愛子ちゃんの将来は素晴らしいものになるよ」

「うん、陶芸が楽しいことはよぅ知っとる。ものすごぅ面白いんじゃ」

森本はあごを撫でながらゆっくりうなずいた。

「ところで、いいかな」彼は言った。「愛子ちゃんの熱意が伝わってくるようで、同じように備前焼を作ってみたくなったよ、いつか教えてくれないかな？」

愛子は微笑んだ。

「ええよ」彼女は答えた。

「さて、愛子ちゃん」板東が言い添えた。「警部にうまく指南できたなら、いつか一緒に展覧会が開けるかもしれないいな。どうかな？　二人のために美術館での特別企画を手配しよう、森本警部と藤島愛子の備前焼特別展——きっと素晴らしい展覧会になるよ。まさに傑作を出品するのは、森本警部と有名な備前焼作家！」

著者あとがき

ティモシー・ヘミオン

「森本警部と有名な備前焼作家」が日本語に翻訳され、森本警部の地元である岡山で出版されることになり非常に嬉しい。これは森本警部シリーズの三作目となり、これまでにこの作品を読んだ多くの読者から、好評をもって受け入れられている。このたびの邦訳版で、日本の人にも広く読まれることになれば、きっと気に入ってもらえることだろう。

一九九八年、初めて備前を訪れて、美術館で備前焼を一目見た時からその美しさに魅了された。釉薬も絵付けもなく、最終的には全く窯の焼成の具合によって、その趣のある色合いは醸し出されている。卓越した作家の技術と経験が、この演出に何より大切な役割を果たしていることはもちろんだが、この炎による〝幸運な偶然〟という、人間の力の及ばないところで、その見事な窯変効果を創出している手法に深く興味をそそられた。まさに自然と一体となった芸術文化であるといえよう。そこでいつかこの備前焼制作の〝幸運な偶然〟を、筋立ての中心に据えた推理小説をぜひ書きたいと思っていた。

日本には何度も訪れているが、その四季は折々に素晴らしい。今回の森本警部シリーズの季節は春を舞台にしている。やはりこの季節を代表するのは桜—この日本中の人々が愛してやまない美しい桜の花についても、ストーリーの中に、存分に書き込むことができたと考えている。

備前焼と桜、何と素晴らしい取り合わせだろうか！　私の幼い子供にも、大きくなったら、私の大好きな日本、岡山の地のこの美しいものについて、ぜひ教えたいと今から楽しみにしている。

欧米では備前焼について知る人は多くはいないが、この作品の読者が、この焼き物に興味を示していると聞いている。関心を持った読者が、岡山、備前への旅を楽しみ、この焼き物はもとより、美しく豊かな自然と、海と山からの恵まれたおいしい食べ物、そして何よりもこの地の人々の温かい心入れに、ぜひとも触れてもらいたいと望んでいる。そうすれば、森本警部や鈴木刑事と一緒になっての、この事件の謎解きがさらに身近で楽しいものになるだろう。

最後に、邦訳を手がけた翻訳者の皆さんの努力に、心からねぎらいの言葉をお贈りする。

二〇〇七年十二月

訳者あとがき

人間国宝である備前焼作家の継承者として期待をかけられていた二人の孫が、岡山市内の事務所で変死体となって発見された。この事件の謎を、岡山県警のベテラン刑事の森本警部と、東大数学科出身の新人女性刑事・鈴木刑事のコンビが解き明かしていく。アメリカ在住のイギリス人数学者ティモシー・ヘミオン氏が著した森本警部シリーズは、今回も森本、鈴木の二人が、事実に照らし手掛かりをより分けて、仮説から推論を進める演繹的推理で、着々と真実に迫っていくのである。

兄弟の確執を慮りながらも、備前焼の将来に夢を託した有名な陶芸家が立てた驚くべき計画、それが実行されようとしたのである。ところが、信頼と猜疑の入り交じる中で、思いがけない事件となってしまった。

備前焼は岡山県を代表する伝統文化の一つ。ストーリーはフィクションで、実在の人物、団体とは関係ない。だが、その展開の中で、材料から制作過程、そして魅力まで、備前焼のすべてがつぶさに著されている。著者の丹念な研究と鑑賞眼、その創造力には敬服するが、何といっても、備前焼に対する並々ならぬ思い入れが嬉しい限りである。冒頭の著者注にあるように、フェノトロキシンは架空の物質であり、備前焼制作に一切このようなものは使われない。だが、この物質がもう一つの〝主人公〟として、しっくりとストーリーに溶け込んでいるのも面白い。

第一作の「森本警部と二本の傘」は、岡山の梅雨の終わりから蒸し暑い夏にかけて起きた事件だったが、今回の事件は三月の終わり、春爛漫の桜の季節のことである。日本の春をひときわ美しく演出する見事な桜の花と、この花をこよなく愛し心踊らされずにはいられない人々の描写が入念にされている。この一連の作品は、各シリーズで季節が異なっており、我々が当然のように過ごし親しんでいる四季折々の情景、風習も、新たな視点から再発見させてくれるようだ。

今回も岡山在住の者で手がけた邦訳ということで、地理的な面、その他で実情に合わせて、一部表現に配慮している。また文化や生活、習慣の説明のくだりなどで最小限の割愛も行った。列車のダイヤや乗り換え方法などでは当然、現状とそぐわない部分もあるが、ストーリーの展開には問題もないとして、概ね原文に沿って記している。電話番号の局番の桁数も同様だが、これもそのままとした。

なお、邦訳出版に当たって、著者へミオン氏から変わらない多大なご支援をいただいた。また、岡山弁についてアドバイスをいただいた青山融氏をはじめ、岡山県警、備前焼、寺社、銀行、保険会社、JRなど各方面の皆さまのご協力に深く感謝の意を表したい。

邦訳、編集には山崎隆夫、小阪節子、山田昌宏が当たった。

二〇〇七年十二月

インスペクターM邦訳集団

森本警部と有名な備前焼作家

2007年12月19日　初版第1刷発行

著　者　ティモシー・ヘミオン

訳　者　インスペクターM邦訳集団

発　行　山崎隆夫
〒700－0921　岡山市東古松3丁目12－2－602

発　売　吉備人出版
〒700－0823 岡山市丸の内2丁目11－22
電話 086－235－3456　ファクス 086－234－3210
振替 01250－9－14467
books@kibito.co.jp　http://www.kibito.co.jp/

印　刷　富士印刷株式会社
〒702－8002　岡山市桑野516－3
電話 086－276－1331　FAX 086－276－0658

乱丁・落丁はお取り替えします。ご面倒ですが小社までご返送ください。
定価はカバーに表示しています。

ISBN978-4-86069-191-2 C0097